『街道をゆく』の連載が始まったのは司馬さん47歳のとき。亡くなる1996年までの25年にわたり国内外を旅し、全43巻の大紀行になった

朽木（くつき）（滋賀県高島市）

『街道をゆく』の最初の旅は、琵琶湖西岸を歩いた。1970（昭和45）年12月のことで、この旅から「湖西のみち」が書かれた

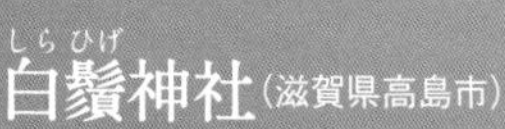

白鬚(しらひげ)神社(滋賀県高島市)

滋賀県は神社の多い県だが、ここは近江最古の神社。湖面に浮かぶ赤い鳥居で知られ、鳥居越しの初日の出の人気は高い(「湖西のみち」)

東大寺(奈良県奈良市)

東大寺の大仏(盧舎那仏)は752年に開眼して以来、平家や戦国大名の兵火に遭いつつも、必ず復興してきた。いまも奈良のエースであり続けている(「奈良散歩」)

五体投地（東大寺二月堂）

修二会（お水取り）ではさまざまな行法がある。五体投地もそのひとつで、僧侶の一人が跳躍し、激しく体を板に打ちつける（「奈良散歩」）

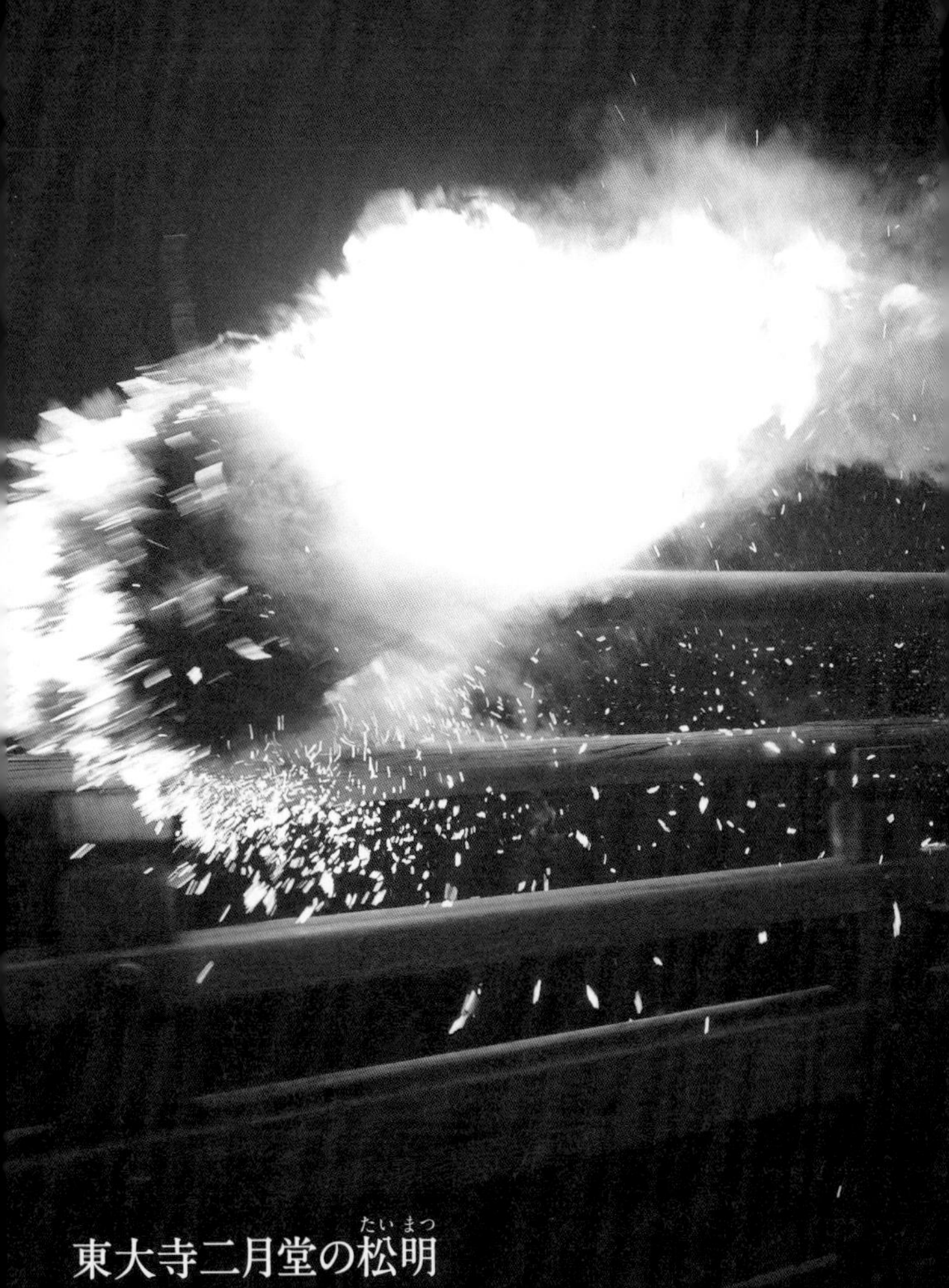

東大寺二月堂の松明（たいまつ）

午後7時、歓声が沸くなか、二月堂に松明が次々と上っていく。初夜上堂、長い夜のはじまりだ（「奈良散歩」）

長州砲のレプリカ(山口県下関市)

司馬さんが好きだった関門海峡。尊王攘夷に燃える長州は外国船を砲撃し、英米仏蘭の四国艦隊に完敗する。世界の現実を知った(「長州路」)

松下村塾（山口県萩市）

討幕へと動く長州の原点となった松下村塾。萩市の松陰神社のなかに、当時の建物が修復され、保存されている。吉田松陰が教えた年月は3年に満たない（『長州路』）

室津港（兵庫県たつの市）

夜明け前、静まり返る室津港。法然や友君、「好色五人女」のお夏清十郎、竹久夢二……その歴史はロマンにあふれている（「播州揖保川・室津みち」）

赤とんぼの街

（兵庫県たつの市）

揖保川が流れる龍野は城下町。高いビルはなく、醤油醸造会社の蔵が目立つ程度だ。〈詩情の原形をなす記憶を形成するのにみごとなほどの町〉と司馬さんは評した（「播州揖保川・室津みち」）

天龍寺の修行僧(京都・嵐山)

天龍寺の修行僧たちは素早い。「托鉢」の同行取材中に突然走り出し、何度となく振り切られそうになった(「嵯峨散歩」)

嵐山（京都）

角倉了以ゆかりの大悲閣を司馬さんは訪ねた。渡月橋の南畔から、川沿いの道をさかのぼって歩く。対岸から春に撮影すると、山並みが桜で彩られていた（「嵯峨散歩」）

東大寺南大門前

大仏を見るため、南大門をくぐるまでの参道は鹿、鹿、鹿……。顔はかわいいが、食欲は常に旺盛だ（「奈良散歩」）

司馬遼太郎の街道 II

京都・奈良編

週刊朝日編集部

朝日文庫

本書は二〇一三年八月に小社より刊行された『司馬遼太郎の街道1』、二〇一四年三月に刊行された『司馬遼太郎の街道2』、同年九月に刊行された『司馬遼太郎の街道3』、二〇一五年三月に刊行された『司馬遼太郎の街道4』をもとに再構成し、加筆・修正したものです。

文庫判によせて　作家生活の原点だった新聞記者時代

司馬さんにとって東京が旅する場所だとすれば、近江（おうみ）、京都、奈良の世界は選り抜きの「ホーム」にあたる。もっとも私は『街道をゆく』の担当記者を約六年務めたものの、遠距離の旅が多く、関西の近場に司馬さんとご一緒する機会はほとんどなかった。特に京都がそうだった。先輩担当者は先斗町（ぽんとちょう）に連れていってもらったようだが、残念なことに私はない。これはちょっと悔しい。

ただ、覚えているのは一九九三（平成五）年秋のことで、この年、司馬さんは文化勲章を受章された。発表記者会見の会場が京都のホテルとなり、その少し前に週刊朝日のインタビューに時間を割いていただいた。

「急に担当者にインタビューされると緊張するな(笑)。で、何が聞きたいの」

私は京都の新聞記者時代の話が聞きたかった。一九四六（昭和二十一）年から五二年までの約六年間である。

「大阪は焼け跡でしょう。京都には昔からの町並みが残っている。女の子もきれいでしたね。同志社の女学校の生徒なんてみんな美人に見えた。つまり町がそうさせるわけです。ここだけが生き残った町という感じでした」

「日本が全く自信がなくなったときに、湯川秀樹さんのノーベル賞がどういう笑顔をつくったか、それを現場で見ることができて、うれしかったです」

「京都大学を受け持ったときに、ここは元はなんだろうということが気になってしまう。それが田んぼだったのか、原っぱだったのか。そしたらやっぱり田んぼでした」

懐かしそうに若き日を語る司馬さんの笑顔がいまも印象に残っている。

福田定一（本名）記者の担当は大学と宗教である。京都宗教記者会では「福ちゃん」と呼ばれる人気者だった。ふだんは本願寺にある記者室のソファに寝転がり、龍谷大学の図書館で本ばかり読んでいたが、金閣寺炎上事件（一九五〇年）が起これば、住職のインタビューをスクープしてみせる。

さまざまな寺を回り、それがのちの『梟の城』や『空海の風景』に生かされていったようだ。一九六〇（昭和三十五）年のエッセイ「本山を恋う」にも書いている。

「この時期を私の経歴のなかから削りとるとしたら、こんにちの私の精神像はおろか、作家としてさえ存在していなかったかもしれない」

「嵯峨散歩」に登場する天龍寺近くの豆腐屋「森嘉」を知ったのもこの頃のようだ。

「禅は分かりにくいね。下手にその世界に入り込むのは危険でもあるんだ」

と、司馬さんはいっていたが、森嘉のご主人の話を聞くと、禅が少しわかった気にもなってくる。豆腐から禅の世界を垣間見せてくれるわけで、これも『街道』の魅力だろう。

この時期、司馬さんは記者クラブの仲間たちと、奈良の東大寺「お水取り」（修二会）にも参詣している。「奈良散歩」では深夜の行法を堪能し、朝方に先輩の一人が、

「ぼうずはつまらんなあ。千年以上もおなじことをしていて」

という場面が印象的で（九九ページ）、森嘉の世界とも関わりを感じる。

近江の寺や神社も昔からよく歩いていたようだ。「近江散歩」に登場する馬見岡綿向神社（一二六ページ）はいまも閑静な町の一角に鎮座している。近江の穴場だろう。

司馬さんの作家生活の「原点」を、若き日々を、これらの『街道』から感じていただければと思う。

ところで後半の『街道』はちょっと面映ゆい。黒田官兵衛ゆかりの播州と中津、吉田松陰や高杉晋作の長州の世界は、当時のＮＨＫ大河ドラマと連動している。司馬さんと大河ドラマの縁は深いということでご理解いただければ。もちろん官兵衛、松陰、晋作は『街道』の世界で躍動し、ドラマとは別の魅力を伝えてくれている。

二〇二〇年六月一日

週刊朝日編集部　村井重俊

本文中に登場する方々の所属・年齢等は取材当時のままで掲載しています。本文の執筆は村井重俊、太田サトル、守田直樹が、インタビューは山本朋史が、写真は小林修が担当しました。

司馬遼太郎の街道II　京都・奈良編●目次

地図　谷口正孝

司馬遼太郎の街道II

京都・奈良編

懐かしき京都人「嵯峨散歩」の世界

若き新聞記者が見た京都

『街道をゆく』の原型となった『歴史を紀行する』（一九六九年、文春文庫）という作品で、司馬さんは京都について書いている。

「〝好いても惚れぬ〟権力の貸座敷」

というタイトルで、

〈ふつうの街ならば歴史は博物館におさまっているのだが、京都の場合、知らねばならぬことは歴史は博物館に入らず、断絶することもせず、生きてつづいていることである〉

司馬さんと京都との縁は深い。

一九四六（昭和二十一）年から五二年まで、約六年間を京都の新聞記者として過ごした。産経新聞記者時代の同僚はかつていっていた。

「金閣寺炎上（一九五〇年）のときは、住職のインタビューをスクープしていたね。朝日や読売より産経の弁当が悪いじゃないかとかみつき、同僚たちから感謝されていたよ」

宗教担当記者の面目を保ったようだ。

そんな京都通ならではの世界が、「嵯峨散歩」で展開する。

京都の礎を築いた古代民族秦氏（はたうじ）、天龍寺と漱石、森嘉（もりか）の豆腐、先斗町（ぽんとちょう）の「ますだ」。湯豆腐やおばんざいを堪能しつつ、二十代の司馬さんのことを考えた。

嵐山の気骨

一九八四（昭和五十九）年暮れ、司馬さんは「嵯峨散歩」の取材に出かけている。頭の中には、まず保津川があった。

〈一つの川が桂川ともよばれ、大堰川ともよばれる。あるいは保津川ともよばれる。日本の河川の名のややこしさである〉（「嵯峨散歩」『街道をゆく26嵯峨散歩、仙台・石巻』以下同）

淀川水系一級河川の桂川は、場所によって呼び方が違う。京都府亀岡市から嵐山の渡月橋まで、約一六キロが保津川と呼ばれる。渓谷を高瀬舟で走る「保津川下り」が有名だが、もともとは舟が通れない暴れ川だった。

その保津川を開削し、物流河川に変えたのは、戦国から江戸初期の豪商、角倉了以（一五五四～一六一四）という人物。嵐山の繁栄は角倉了以のおかげだろう。

ただし、嵐山近辺には天龍寺や広隆寺、清凉寺、苔寺などがある。了以の木像がある大悲閣（千光寺）はそれほど有名ではなさそうだ。

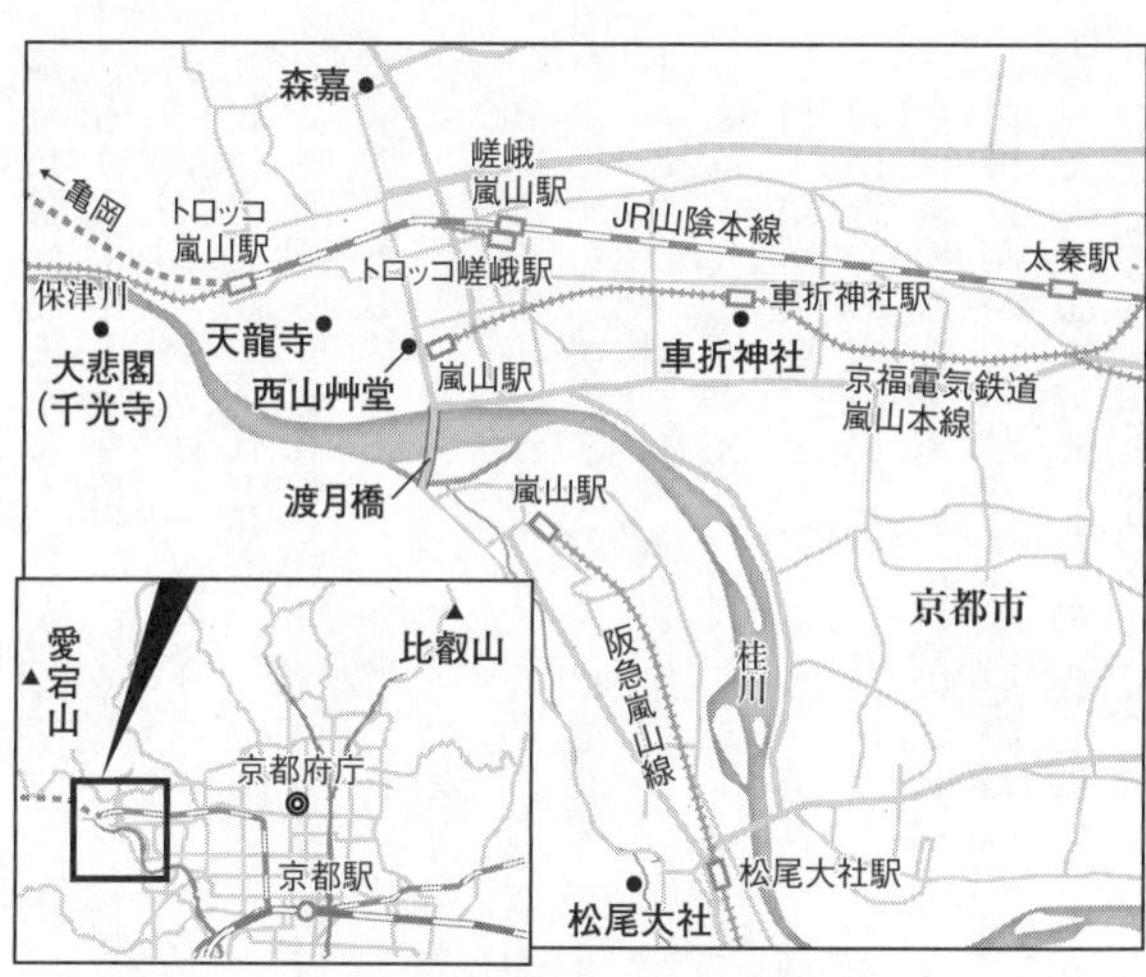

「大悲閣はどこ？」

司馬さんは渡月橋辺りにいた女子中学生たちやライトバンで旅館に物を運んできた青年に聞いてみたが、誰も知らなかった。

〈かれらは嵐山のおかげで衣食（いしょく）している家の子のはずで、学校や家庭の教育のことやら、なにやらを思いあわせると、滑稽な感じがした〉

司馬さんは渡月橋の南畔に渡る。嵐山観光の中心の北畔とはちがい、ずいぶん静かになる。山沿いの道を歩いていると、千鳥ケ淵についた。淵の茶店では七十手前の婦人がオデンを煮ていて、須田剋太（こくた）画伯がオデンを食べ始めた。つられるように、司馬さんもチクワを食べている。

〈しんまでだしが沁みこんでいて、二日

や三日は煮込んだにちがいない〉

もう五十年も店を出しているという。彼女の前に三代あり、すると明治ですかと、司馬さんが聞くと、

「いいえ、江戸時代どす」

という答えが返ってきた。プレハブの物置だけがある店だが、意外な老舗（しにせ）で、やっぱり京都である。

司馬さんの取材から三十一年後、やはり冬の嵐山を訪ね、同じように大悲閣を目指した。しかし、司馬さんのように道を聞く必要はない。渡月橋の南畔の道を歩いていると、あちこちに手書きの看板が出ている。

「絶景　大悲閣千光寺　GREAT VIEW↓1㎞」

日本語、英語、ときにはサンスクリット語でも書かれている。

司馬さんの取材のころは冬は閉まっていた大悲閣だが、いまは開いている。

手書きの看板を書いた住職の大林道忠さんに会った。

「司馬さんが会った琴ケ瀬茶屋のおばさん、五年ほど前に亡くなりましたが、九十歳になっても頑張ってましたよ。大悲閣にこれから上る人や、下りてきた人が、ちょっと休みたくなる場所にある。煮しまったオデンですが、うまいこと客にすすめましてね、

『あそこは大悲閣の関所や』といわれてました」

司馬さんは大悲閣が閉まっているのでしばらく石段に腰を下ろして一服し、そのあと帰り道で当時の住職、四海信弘和尚に会っている。誘いこむような笑顔で、腰が低い。このとき八十歳を超えていた。司馬さんが渡月橋から大悲閣までどのくらいですかと聞くと、

「さ、女の方の足でございますと、二十分、私の足でございますと、十三分。このごろ、それより一、二分、余計にかかりますが」

といった。しかし実際に歩くと長い石段もあり、十三分は速すぎる。

大林住職は妙心寺で鐘をつきつつ暮らし、花園大学を卒業。天龍寺で修行し、平成初めから寺入りした。学生時代から四海和尚は知っている。

「四海和尚はこの寺の生まれで、山道は歩き慣れてますから、『飛ぶように歩きよった』と、思い出す人もいます。平成六年に九十二歳で亡くなりました。司馬さんは『溶けるような笑顔』と書かれていますが、けっこう頑固でしたよ。このあいだ来た六十代半ばの人が言っていました。以前に夏に大悲閣に来て、石段に座って缶ビールを飲んでいたら、『和尚にぶわーっと水をかけられたんや。いまは懐かしい思い出だけどな』って」

司馬さんも石段でたばこを吸っていたようだから、危ないところだったかもしれない。

「晩年の和尚さんは病気がちで、この寺はもう閉じようという話もあったぐらいです。

子供はいない、弟子はいない、本堂はない。残った客殿はいつ倒れるかわからない状態でした。私も無収入でしたね」

しかし時代はバブルだった。

「そんな寺にも、たくさんの誘惑があったようです。新興宗教とか羽振りのいい寺が来て、三億円でここを売ってくれという。宗教法人の魅力ですね。和尚さんのお母さんは御所の女官、奥さんの千代さんは祇園（ぎおん）の舞妓。お寺の二代目と祇園で育った二人が守り、直接ご縁のない私に後を託したことになります。当時、和尚は観光寺院ではなく、史跡寺院ですと、境内の看板に書いていました。角倉了以の寺を大事にしたいという思いがあったんでしょう」

その了以の木像は丸坊主で、工事用のすきを手にし、片ひざを立てて座っている。

〈両眼はかっと見ひらき、唇は文字どおり「へ」の字にまがり、自分の構想に人がついて来ぬことにかんしゃくでもおこしているような顔つきである〉

大林さんはいう。

「今日来ていただいたのは十人ぐらいかな（笑）。了以さんは四百年前の方ですけど、今でも一週間に一人は、この人物を目指してやってきます。嵐山に五回来て、まだ何かを知りたい六回目のリピーターをこの寺に迎えたい。篤志家の方々、ボランティアの方々のおかげで、寺も整備されてきました。客殿からは比叡山（ひえいざん）、大文字山がよく見えます。天気がよければ清水寺も見えます。いまはアメリカのツアーの方が多くなりましたが、この景色を見て、『ピースフル』と言ってくださいますね」

司馬さんも歩いた渡月橋から大悲閣までの道を、「大悲閣道」と呼ぶ人もいるそうだ。

「通の人はあの大悲閣道がいいんだよといってくれます。保津川の流れが、よう聞こえたでしょう」

大林さんと別れたあと、大悲閣道を再び歩いた。静まりかえる川面で泳ぐ水鳥の羽音まで聞こえた。

再び渡月橋に出た。嵐山の賑わいを眺めつつ、JR嵯峨嵐山駅から山陰本線に乗って亀岡へ。「保津川下り」を主催する保津川遊船企業組合の専務理事、豊田知八（ともや）さん（四八）に会った。

「距離は一六キロです。一時間四十分ぐらいですね。三月から十一月までの定期船は二十四人乗りで、年間二十五万人から三十万人をご案内しています。ただ、天候が不順ですと、そうはいきません。この三年間ぐらいは、台風にやられました。渡月橋が水浸しになるまで水位が上がった二〇一三年九月は二十日間ほど、一四年八月にも一カ月ほど、営業ができませんでした。自然には左右されます」

豊田さんは組合のホームページのブログに、「君は角倉了以・素庵（そあん）親子を知っているか？」という文章も書いた。

「了以は、ゼネコンにして総合商社の社長でしょう」

と、豊田さんはいう。

〈角倉了以は、多能な家系にうまれた。この多能は「多様な業種」と言いかえてもいい〉

と、司馬さんも書いている。

角倉一族はもともと近江（おうみ）源氏の出だが、了以の四代前の徳春が足利義満に医師として仕えるため、嵯峨に住むようになる。了以は、信長、秀吉、家康三代を生き抜いた豪商で、「土倉（どそう）」と呼ばれる金融業で栄え、海外貿易業にも積極的に進出した。

「了以は学問よりビジネスの人でした。五十歳のときに、ベトナム（安南国）との交易をはじめます。家康から朱印状をもらっての朱印貿易で、日本から刀剣類や銀を持っていき、繊維などを輸入した。成功すると今のお金で十億円単位の利益があり、十七回渡航しています。ただ、海外貿易にはリスクもあり、了以は少年時代から見続けてきた保津川に着目します」（豊田さん）

保津川の上流の丹波（たんば）地方は良質な木材の産地として知られている。

「丹波は米や野菜も豊富です。保津川を舟で行けば、速いし大量に京都に運べます。しかし、『誰がこの流れのきつい川を整備するんや』と思われていたため、陸路運送でした。資金もいるし、技術もいる。しかし、了以は私財を投じ、保津川の改修に乗り出します。渓谷を縄を持って歩き、岩をたたき割り、焼き砕き、根こそぎ引き揚げていった。嵐山はいまでこそ観光地ですが、かつては、丹波からの物資が集まる川湊として発展しました」

了以の活躍には、父を支えた子、素庵の存在が大きかったようだ。司馬さんは素庵について、〈江戸初期きっての知識人〉としている。

「素庵は本阿弥光悦に弟子入りして書を学び、有名な儒者、藤原惺窩にも学んでいます。惺窩は徳川家康の評価が高く、素庵も家康にかわいがられます。保津川の改修の上申がうまくいったのは素庵の力です。父の了以がパッと考えたアイデアを実現させたのは子の素庵でしたね」

了以はその後、京都と伏見を結ぶ高瀬川を開削した。

「鴨川の水を引いた運河の高瀬川を開くため、角倉家の出した工事費用は七万五千両(百五十億円以上)。もちろん、その後はしっかり通行料をとりました。高瀬川のおかげで、京都は当時の経済、情報の中心地、大坂とつながることになります。京都の技術や文化レベルが衰退することがなかったのは、高瀬川のおかげといえます」

角倉家はその後も栄えていたが、明治維新ですべてが変わる。

「角倉家は京都代官でもあり、河川管理者でもあった。やはり徳川家寄りだということで、一夜にして支配権を没収されてしまいます。京都の木屋町には京角倉家の邸宅がありましたが、その後、山県有朋の別邸になりました」

いまは和食店「がんこ高瀬川二条苑」になっている。

大悲閣の了以の鋭い眼光を思い出した。

〈（王侯将相、なにほどのことがあろう）

大悲閣の了以は、そんなつらつきである〉

独立不羈の天才が嵐山、京都を支えたのである。

秦氏と松尾さん

司馬さんは保津川（大堰川）にかかる渡月橋の畔で待ち合わせをしていた。一九八四（昭和五十九）年暮れのことで、一緒にいたのは須田剋太画伯、担当者の藤谷宏樹さん（五六ページ）。川の水量は少なく、わずかな水に都鳥（ユリカモメ）が群れている。そこに待ち合わせのカメラマン、佐久間陽三さんがやってきた。

〈頭の上をユリカモメが群れ飛んでいて、ほんの一瞬ながら、ユリカモメを連れている人のように見えた。ちょっと、童話的な感じの人なのである〉（「嵯峨散歩」以下同）

佐久間さんとユリカモメのコラボを楽しみつつ、一方で、京都ゆかりの古代の渡来民族、秦氏について考えていたようだ。

〈嵯峨野を歩いて古代の秦氏を考えないというのは、ローマの遺跡を歩いてローマ人たちを考えないのと同じくらいに鈍感なことかもしれない。

かれらは、何世紀のころか日本列島に渡来し、いまの京都市（山城国）や滋賀県（近江国）などに農業土木をほどこし、広大な田園をひらいた〉

誤解を恐れずに言えば、『街道をゆく』は、司馬さんならではの空想を楽しむ世界でもある。

「嵐山の渡月橋の下の中洲も、ひょっとすると人工（堰）かもしれませんね」

と、以前に司馬さんに語ったのは考古学者の森浩一さんだった。

二人は八一年に「中国・蜀と雲南のみち」の取材で四川省の成都を訪ね、古代に造られた都江堰を一緒に見ている。成都を流れる岷江という暴れ川に造られた古代のダムで、このダムのおかげで岷江は成都平野を潤すことになった。構造や地形を見て、森さんが続けた。

「宇治大橋の下の中洲もそうかもしれません」

都江堰ができたのは二千二百年前の秦である。森さんに触発され、司馬さんの空想は広がった。

〈そういえば〝渡月橋堰〟（仮称）も、〝宇治大橋堰〟（仮称）も、地形としては都江堰にそっくりなのである。さらには、嵯峨も宇治も、古代秦氏の地であった〉

秦氏は『街道をゆく』の常連のような人々で、司馬さんのお気に入りである。

五世紀初頭、朝鮮半島の戦乱を逃れて大挙、日本にやってきた。本来は古代の秦とは関係がない人々で、朝鮮系のことばを話していただろう。しかしその出自を大和王朝に問われ、胸を張って答えている。

「先祖は秦の始皇帝である」

秦が滅び、その遺民は各地に流亡した。その一派が朝鮮半島に流れ、さらに時を経て倭国（日本）に流れてきたと自称したという。

大見得を切ったのである。

そんな秦氏の総氏神は松尾（まつのお）大社になる。

司馬さんは須田剋太画伯に声をかけている。

「松尾大社に行きましょうか」

須田さんは健脚だった。

〈「山頂にのぼるんですか」

と須田さんに反問されて、ちょっと考えた。足に自信がない。

「山麓の神社だけにしましょう」〉

空想は遠大、行動はつねに慎重な司馬さんである。

嵐山の松尾大社は七〇一（大宝元）年に創建され、いまも約十二万坪という広大な敷地にある。古来、良水を供給する松尾山（標高二二三メートル）を背負って立っている。

〈社殿は、松尾の美山を背負っている。このために、結構が安定している。建築というものは本来、自然という神に身を寄せるべきものかもしれない〉

◇　◇

秦氏以前に、松尾山に対する信仰がまずあったようだ。権禰宜の西村伴雄さん（六一）はいう。

「主祭神の大山咋神は、『偉大な山の神さん』といった意味ですね。山は魑魅魍魎が棲む異世界でもあり、むやみと入らないように境界として咋（杭）を打ち込みました。いつしか咋が山の神の象徴そのものになっていく。京都の北山辺りに住む人にすれば、東の比叡山から日が出て、西の松尾山に沈む。日の出を拝み、日没に手を合わすと叡山と松尾山を拝むことになる。そこで比叡山と松尾山に大山咋の神さんが祭られています」

松尾大社といえば、酒の神様として有名だろう。境内には色とりどりの日本酒の樽が並べられていて美しい。百樽ほどもあり、見ただけで喉を鳴らす酒飲みもいるのではないか。

「中身は入っていませんよ（笑）。全国に千二百ほどある蔵元のうち、直接お参りに来られたり、こちらからお札を送っているところがだいたい九百蔵になります。化粧樽をどう積み上げていくか、とやかく言う蔵元さんはありません。東広島市西条町にある松尾神社のように御分霊したところを入れれば、日本中の蔵元さんが『松尾さん』を拝んでおられると思います」（西村さん）

　さて、「松尾さん」と秦氏との関係である。

　古代に日本にやってきた秦氏は急速に力をつけていく。

「彼らが来た五世紀ごろから、日本の古墳は大型化します。大規模な土木技術をもたらしたわけですね。土木、治水、織物、酒、塩、鉱山と、さまざまな技術をもたらした。技術者集団はどこへ行っても生きていけるし、財力を蓄えていく。ただし、技術だけで生活していけるから、政治にはあまりかかわらず、行った先々の土地の宗教に近づいていきます。先住民とうまくやっていくには、古来の神さんを祭るのが一番ですから」

　京都に来た秦氏はこうして次々に神社や仏閣を造っていく。

　まず、太秦の広隆寺だろう。国宝「木造弥勒菩薩半跏像」で有名だが、この寺は聖徳太子のために秦氏の有力者、秦河勝が建立した。河勝夫妻の木像も広隆寺にはある。

　そのすぐ近くにある大辟（大酒）神社、祇園祭の八坂神社、苔寺、上賀茂神社、下鴨神社、伏見稲荷、そして松尾大社がある。

「京都に都ができた八世紀後半ごろの戸籍によると、京の人口の六割は秦一族が占めていたようです。京都に来た秦氏は大きく二系統に分かれ、東に行った一団が伏見稲荷を造り、西に向かった一団が松尾大社を造ります。彼らが松尾山への信仰を受け継いだことになります」

暴れ川の氾濫原だった京都が都になっていくために力を尽くし、京都の古社に足跡を残し、いつしか秦氏は歴史から姿を消していく。

松尾大社が全国的な酒の神様となったのは江戸時代からのようだ。

「大消費地の江戸へ、樽廻船で京都の酒が運ばれるようになります。物が移動すると、思想や信仰などもついていきます。京都の酒の旨さが全国に広がり、どうしてあんなに旨いのかという話になる。京都の酒造りのルーツは秦氏ですから、その秦氏が総氏神にしている松尾大社がお酒の神さんとなったようです」

ところで、松尾大社の忘年会や新年会では日本酒が飲まれるのだろうか。

「最初の乾杯から燗酒です。ところがホテルによっては、燗酒出してくれっていっても『日本酒は置いてません』といわれて、持ち込んだこともあります。京都には日本酒乾杯条例もあるんですが」

かつては全国で二千四百蔵といわれた蔵元も、この四十年ほどの間で半減したという。

「やはり、お酒の神さんですからね。日本酒の本当のおいしさをもっと知ってもらいたいと、十年ぐらい前から日本酒の試飲会をやってきました。しかし近年、市内の飲食店や京都市が日本酒の試飲会を開催するようになったので、二〇一四年からは『酒－1グランプリ』という催しを始めています。三十蔵六十種類のお酒を五百人に味わってもらい、どの酒がいちばんおいしかったか、投票してもらうわけです。伝統的なタイプと、ワイングラスが似合う新しいタイプの二部門に分けました。グランプリは山形県の亀の井酒造、『スーパーくどき上手』でした。バカ騒ぎの楽しみじゃなく、日本酒の多彩な味を楽しんでいただく会ですね」

ところで、松尾さんを信仰しているのは日本酒の蔵元だけではない。

「ビール、ウイスキー、ワイン、焼酎、みなさんいらっしゃいます。だから私、ウイスキーも大好きです」

と、西村さんはいう。

松尾さんはちゃんぽんＯＫなのである。

天龍寺と漱石

一九八四（昭和五十九）年十二月、嵯峨を訪れた司馬さんは、保津川（大堰川）沿いの千鳥ケ淵で、同行の須田剋太画伯とオデンを食べたが、このとき、須田画伯がいった。

「漱石がここにきています」

須田さんはぶつぶつと漱石の『虞美人草』（ぐびじんそう）の一節を諳（そら）んじ始めた。二十七歳の哲学者「甲野さん」と外交官志望の「宗近君」が保津川を下る場面である。須田さんはその後、故郷の旧制中学の国語教師の話をした。

「これはただの文章じゃない、みな襟をただして読め、というから、みな憶えてしまったんです」

東大で教鞭をとっていた漱石が朝日新聞に入社するのは一九〇七（明治四十）年。六月から連載を始めたのが『虞美人草』だった。「甲野さん」の妹、藤尾が妖しい魅力を放ち、京都と東京が舞台となっている。

小説では甲野さんと宗近君が天龍寺も訪ねている。境内を散策中、二人は減らず口をたたいた。

「舟板塀趣味や御神灯趣味とは違うさ。夢窓国師が建てたんだもの」

「あの堂を見上げて、一寸変な気になるのは、つまり夢窓国師になるんだな。ハハハハ。夢窓国師も少しは話せらあ」

　天龍寺は八回火災に遭って創建当時の建物はないが、漱石はあまり気にしていない。センスのいい雰囲気は、開山の夢窓国師（疎石、一二七五〜一三五一）のおかげだという。

　嵯峨嵐山をコトコト走る嵐電の終着駅「嵐山」で降りると、徒歩一分で天龍寺の境内に着く。いつ来ても観光客は多いが、とくに紅葉の季節は凄まじく、一日二万人が押し寄せることもある。天龍寺に来た人が必ず座り込んで見惚れるのが「曹源池庭園」。この池も夢窓疎石が造り、司馬さんは書いている。

〈他から見れば春の野山のようにおだやかな風韻の人であったろうことが、この庭をみればわかる〉（「嵯峨散歩」以下同）

　天龍寺は一三三九（暦応二／延元四）年から建立の事業が始まった。後醍醐天皇の菩提を弔うためで、足利尊氏が建てている。修行一途な疎石には迷惑な話だったが、高い識見のため、つねに時の政権から引っ張りだこだった。北条高時、後醍醐天皇、足利尊氏、直義と、多くの権力者たちから慕われている。

漱石について、天龍寺の佐々木容道管長に話を聞いた。

「どんな質問にも竹を割ったようなスパッとした明快な答えが返ってきたそうです。頭脳明晰ですね。政治に左右される方ではありません」

漱石は九歳のときから密教を学び、臨済宗に転じて禅僧となった。とにかく勉強家だったようだ。

「しかし、仏教を頭で考えて理解しようというお気持ちが強かったのか、なかなか悟りは得られなかった。ところがある夜、坐禅に疲れ、小さな庵の壁にもたれようとして、ころんと転落した。その瞬間、今までの自分が思い続けていたもの、あると思っていたものがなかったことに気づかされた。桶の底が抜けたようなカラッとした心境となり、カラカラと笑い、『撃砕す虚空の骨』と、教えに書かれています」

現象的には「撃砕す」だから、さぞかし転んで痛かったのではないか。しかし、漱石はこの瞬間、宗教的に大きく成長したようだ。

佐々木管長は広島大学、京都大学でインド哲学や仏教学を学び、長年修行を続けてきた。

「いまも毎日、修行僧と禅問答を繰り返しています。天龍寺の修行は厳しいですよ。托鉢や掃除、畑仕事などの作務、ご飯炊きから薪割りなど、そして坐禅です」

修行僧の生活については、作家の玄侑宗久さんが詳しい（二八六ページ）。玄侑さんと佐々木管長はこの天龍寺で同時期に修行した仲間でもある。

坐禅のときは、目を少し開ける。

「目をつむってしまうと眠ってしまいますし、妄想が湧いてきます。結局、目をつむると、生きた禅ができないことになります。坐禅中だけ心が落ち着いているのではダメで、日常生活で禅の境地に入ることが大事。目を開けて生活しているでしょう。ですから完全に開けない半眼にして坐禅をします」

書院に「莫妄想」と貼り紙があった。妄想するな、くだらぬことを考えるなという意味で、妄想ばかりの当方、頭が痛い。

禅の境地については、宗務総長の栂承昭さんも教えてくれた。

「修行僧たちは夜が本当の修行になります。いったん布団に入り、それから自主的に曹源池に向かって坐禅を組む。あの池は本来は修行者のための庭なんです。昼間も坐禅はしますが、三十〜四十分ごとに休憩の合図がチンと鳴る。禅境に入りそうなところで鳴るから、なかなか難しい。夜なら何時間でも座っていられます」

夜に坐禅する修行僧の集中を妨げないように、天龍寺では池のライトアップはしないという。

さて、漱石は『虞美人草』を書く少し前、明治四十年三月末から十五日間、京都に滞在した。泊まり先は下鴨神社近くの狩野亨吉宅で、狩野は京都帝大文科大学（現・京大文学部）の初代学長。『虞美人草』の「甲野さん」のモデルのようだ。なお、滞在中の四月、漱石は大阪朝日に「京に着ける夕」というエッセーを書いた。

〈いわば入社して読者へあいさつする、といったぐあいのものなのだが、京阪神の読者への遠慮や媚びがまったくない〉

どころか、京都について手厳しい表現になっている。漱石が京都を訪ねたのは全部で四回。最初は一八九二（明治二十五）年七月で、正岡子規と一緒だった。司馬さんは講演で語っている。

「京都のことを、本当にぼろぼろに書いております。お寺ばかりあって、実にしみったれた、寂しい、死んだような町だと思ったんです。『ぜんざい』と書いた赤ちょうちんがあって、その文字も下品だったなどと書いている」（一九九一年、原題「私の漱石」、「漱石の悲しみ」『司馬遼太郎全講演４』）

これでは漱石は京都嫌いなのかと思ってしまうが、「京都漱石の會」代表の丹治伊津子さんはまったく違うという。

「みなさん誤解してますよ。漱石は近代文明の批判者でもありました。どんどん日本が欧米化する。しかし、それが本当の幸せなのかはわからない。自分が活動するのは東京だけれど、京都には太古の昔からの京都があり、自分の心の憩いの場だと思っている。つまり、諧謔（かいぎゃく）ですね。からかいながら褒める人、好きな人っているでしょう」

丹治さんは裏千家の直門茶道家でもあり、京都市北区の自宅にある茶室で抹茶をごちそうしてくれた。

「本が多く、家の中が倉庫のようで、お茶室でごめんなさい。インド哲学と仏教学を関西大学で教えてきた主人は、京大では天龍寺の佐々木管長の先輩でした。本の虫の主人の後ろ姿を見て、三十年ほど前、家にあった漱石全集を読み始めました」

努力が実を結び、『夏目漱石の京都』（翰林書房）という本を書き上げている。自らがつくった「京都漱石の會」は隔月で読書会を開き、春秋には講師を招き定例会も開催、会報「虞美人草」も出している。

漱石は子規と一緒に夜の京都を歩いたとき、大提灯に「ぜんざい」と書いているのにげんなりしたと、「京に着ける夕」に書いている。

〈此の大提灯を見て、余は何故（なにゆえ）か是れが京都だなと感じたぎり、明治四十年の今日に至る迄（まで）決して動かない〉

「ぜんざい」という言葉が繰り返し呪文のように書かれているのが「京に着ける夕」である。

丹治さんはこの時代、京都に「ぜんざい屋」がそんなにあったのかを調べたという。京都で一八九三（明治二十六）年に創業した「末富」や、室町時代に京都で創業した「とらや」にも問い合わせたが、どうもそれらしい痕跡はなさそうだった。

「漱石は京都駅から人力車に乗り、下鴨神社近くの狩野さんの家まで、夜に走っています。そのとき、鴨川沿いにぜんざいと書かれた赤い提灯が連なっているとありますが、そんなことはありえません。『京に着ける夕』は、亡くなった子規を思い出しながら書いています。漱石と子規はもともとは寄席友達ですね。この文章は、いわば落語のように書いた漱石の創作の側面があると思います。単純な旅行記ではありません。京都は落語の発祥の地でもありますしね」

静かな夜道を疾走する車輪の音を「かんかららん、かんかららん」と表現し、京都の墓地に向かう道も不気味に描く。三遊亭円朝の怪談「牡丹燈籠（ぼたんどうろう）」の雰囲気を出しつつ、落語好きだった子規に、あらためて餞（はなむけ）を贈ったのだろうか。

豆腐と日本文化

『街道をゆく』で司馬さんが食について話題にすることはあまりないが、「嵯峨散歩」には「豆腐記」という章がある。

〈酒に地酒があるように、豆腐にも地豆腐ということばがあったほうがいい〉（「嵯峨散歩」以下同）

さらに続く。

〈私がいかにも豆腐好きのように思われるかもしれないが、じつをいうと『花神』という小説を書いて以来の後遺症なのである〉

長州の蘭方医、村田蔵六（ぞうろく）（のちの大村益次郎）が近代陸軍の父となるまでを描いた『花神』。蔵六はいつも豆腐を肴（さかな）に日本酒を飲んでいた。

〈かれ自身が豆腐に似ていた。実があり、虚飾がなく、無愛想でもある〉

豆腐を肴に、蔵六の人柄をくっきりと浮かび上がらせている。

一九五二（昭和二十七）～五三年ごろ、司馬さんは嵯峨の「森嘉」という豆腐屋の前を歩いていた。当時、同業者は見かけず、〈この店一軒しかなかった〉と書いている。
〈店構えはごくふつうの豆腐屋さんだったが、ひとのはなしでは、阪神間のさる金持の家の人が、キャデラックでここまで豆腐を買いにくるということだった〉

この記憶があり、「嵯峨散歩」では、「嵯峨豆腐　森嘉」の取材をしようと考えていた。ただし、四代目の当主は闘病中で、司馬さんは遠慮している。代わりに天龍寺の塔頭(たっちゅう)妙智院(みょうちいん)を訪ねた。寺が経営している西山艸堂(せいざんそうどう)に行き、森嘉の豆腐を食べている。

若女将の島見規子さんが湯豆腐を作りつつ、話してくれた。

「うちはずっと森嘉さんの豆腐なんです。森嘉さんのお休みが水曜日なんで、うちも休みます。豆腐がなくなると持ってきてもらいます。豆腐がなくなったらその日は店じまいですね」

規子さんは妙智院で生まれ、ずっと森嘉の豆腐で育ってきた。

「小学生のときかな、旅行の夕食で豆腐が出たんですが、『これが豆腐?』って思いましたね。硬いというか、うちで食べてるなめらかな豆腐とは違うなあって」

塔頭なので、もちろん天龍寺との縁は深い。

「天龍寺の前の管長、平田（精耕）老師にはよく声をかけていただき、可愛がっていただきました」

サラリーマンのご主人と結婚し、いちど寺を出たが、ご主人が寺を継ぐことになり、規子さんも妙智院に戻った。花園大学を卒業した息子も二〇一四年三月から天龍寺で修行中だ。

「もっとも厳しい、暮れの『臘八大摂心』を越えたので、ほっとしてはいます」

臘八大摂心は十一月三十日夕方から十二月八日明け方までの不眠の修行。許されているのは一日一時間四十五分ほどの、坐禅の姿勢での仮眠のみ。一人前の修行僧として扱われるのは、この足かけ九日を乗り切ってからだという。

「すぐ隣で修行中ですが、もちろん顔も見せません。スポーツもしていたので大丈夫と思っていましたが、現代っ子ですね。長時間の坐禅で腰を痛めたとも聞いています」

と、息子さんを心配する規子さんだったが、湯豆腐はうまかった。つるんとした食感で、絹ごし豆腐のようだが、木綿豆腐だという。

西山艸堂と森嘉はすぐ近所になる。現在のご主人、森嘉の五代目、森井源一さん（六七）に会った。

「『嵯峨散歩』は読ませていただきましたよ。ちょうど私が跡を継ぐ少し前に書かれたんですね」

森嘉の豆腐は、豆腐を固めるのに凝固剤として、硫酸カルシウム（石膏）を使っている。かつてはニガリを使っていたが、四代目が製法を変えることになった。

〈この人が中国戦線にいるとき、中国では石膏でかためる方法があることを知った〉

戦後の食糧難でニガリが手に入りにくかったこともあり、ほかの店に先駆けて採り入れた。ニガリを使うよりも、食感がなめらかになる。森井さんには『豆腐道』（二〇〇四年、新潮社）という著書があり、

〈職人気質の祖父、商売人の父〉

と、表現している。

「三代目のじいさん、庄太郎は天龍寺の僧堂に上がり込んで、お坊さんたちと今日の豆腐はどうだったか、問答をしているような人でした。石膏をめぐって、柔らかい豆腐がいいのか、硬いのがいいのかで親子げんかをしていましたが、結局、じいさんが譲った。こうして今日の森嘉の豆腐ができあがったわけです。昭和二十年代の終わりごろでしたね」

嵐山の観光客の増加とともに、森嘉は忙しくなっていく。川端康成の小説『古都』（一九六二年）にも登場している。主人公千重子が父親へのみやげにしたのが森嘉の豆腐だった。

「西山艸堂さんに、うちのお豆腐を使っていただいたのが始まりで、嵯峨が湯豆腐で知られるようになったのは昭和三十年代だと思います。南禅寺の湯豆腐などに比べると、こちらのほうが歴史は浅いですね」

森井さんは団塊の世代にあたる。

「すぐ近くの嵯峨小学校に通いました。僕のころで一クラス六十人近く、九クラスぐらいありました。まだ嵯峨は田舎で、私らが登校して帰ってくるまで、シーンとしてました」

中学を卒業するとき、進学しなかったのは森井さんと、近所の銭湯の息子ぐらいだったという。

「『お前は跡取りだ』と親父から言われ、迷うことなく豆腐づくりの世界に入った。だからこそ、後にいろんなことが起こります」

一年ほど実家で基礎を学び、その後二年半、東京の大規模な豆腐工場で働いた。

実家に戻り、跡継ぎとしての仕事をしていたころだった。

「夜に仕込んで、朝早くから豆腐をつくる。毎日毎日同じことの繰り返しですからね。当然と思って始めたけど、おもしろくも何ともないし、仕事はこなしていましたが、家ではごろごろ寝てばかりでした」

このとき、三代目と親しい稲葉心田老師がやってきた。国泰寺（富山県高岡市）の管長だが、かつては天龍寺の修行僧だった。老師は店の看板の文字を揮毫し、源一の名の名づけ親でもある。

京都の冬は寒く、森嘉は托鉢している僧たちの憩いの場だったようだ。

「ばあさんが『まあまあ火に当たっていきない』と声をかけるんです。『豆乳飲みなはれ』とか『おぼろ食べなはれ』と。稲葉老師が年を召されても、下帯までばあさんが縫い、毎年年末になると届けていました」

稲葉老師は二十六歳の森井さんを国泰寺に連れていった。三十畳ほどの大広間で命じられたという。

「そんなに寝たいなら、食事とトイレ以外は布団を出るな」

最初の二日は大喜びで、ぐっすり眠れた。小僧さんが無言で精進料理を運んでくれるので、空腹に悩むこともない。

「三日目に腰が痛くなってきました。それにだんだんうずうずして、動きとうて仕方なくなる。老師はその気持ちをよくわかっていらっしゃったが、なおも寝ろといわれました」

ようやく起きることが許されたのは一週間後だった。

それから寺仕事に加え、朝一時間半、夜二時間の坐禅もしたが、苦ではなかった。厳寒のなか、先を尖らせた割り箸で苔の中の草を一本ずつ抜きもした。

一カ月が過ぎようとしていたある日、老師はいった。

「お前、向いてそうだから、坊主になったらどうじゃ」

森井さんは即答したという。

「『いいえ、豆腐屋になります』と。坊さんになっても毎日毎日同じことの繰り返しです。

だったら豆腐屋になったほうがいい」

以後は豆腐一筋の人生となった。

〈お豆腐というのは、地域があっての食品だと私は考えています。あくまでもその路線をはずれないように、と思ってやっているんです。（略）「この嵯峨の気候風土すべてが味のうち」、ですからね〉

と、『豆腐道』にはある。

早朝五時からの豆腐づくりを見せてもらった。

前日夜十一時から夜を徹して作業中のベテラン職人が一人、時間を追うごとに一人、また一人と、作業する人が増えていく。作業場に機械はほとんどない。誰もしゃべらず、水でふやかした大豆をひく石臼がごろごろ回る音、豆腐を冷やすために使う大量の水音だけが響く。

できたての豆乳とおからをいただいた。豆乳は驚くほど甘く、おからはしっとりホクホクして、味つけもしていないのに濃厚だった。

この豆乳、おからが目当ての陶芸家もいたそうだ。親しくなり、台所に上がり込み、朝からおぼろや飛龍頭（ひろうす）（京がんもどき）をつまみに酒を飲む。そうやって仕事場を眺めるのが常で、その陶芸家がある日いった。

「お前、何作ってるねん」

森井さんは訳がわからず、

「豆腐です」

と答えた。

「『じゃあ豆腐って何や』と、さらに聞かれて、答えられませんよ。逆に『先生、焼き物って何ですの？』と聞くと、『人と土が作り出す生活の器や。お前、物もわからんと作ってるんか』と、ボロかすいわれましたね」

著名な陶芸家、中島清さんだった。中島さんは戦後すぐに結成された「青年作陶家集団」のリーダーだった。森井さんはいう。

「中島さんの個展をのぞきに行った親父が、『おい、高い値段ついとったぞ』といって帰ってきたことがあります。ぐい飲みを買わせてもらったことがあり、酒飲みの作りはったぐい飲みは口当たりがいいんです。桐の箱に仕舞っておいたら、先生に『そんなことするもんと違う』といわれ、使(つこ)うてましたらみな割れました。もったいなかったですね」

豆腐、禅問答、作陶……森嘉にいるといろいろな世界が浮かぶ。「豆腐記」のラストを思い出した。司馬さんは食べた湯豆腐を思い出しながら書いただろう。

〈鍋の中で煮えているのは「森嘉」の豆腐で、あれやこれや思えば、日本文化を食っている気がしてくる〉

先斗町（ぽんとちょう）の個展

渡月橋と大悲閣、天龍寺、松尾大社、嵯峨豆腐の森嘉……。一九八四年暮れに嵯峨をめぐった司馬さん、

〈この嵯峨散歩の最後をすこしあでやかに終りたい〉（「嵯峨散歩」以下同）

と、向かった先があった。

須田剋太画伯と編集部に、

「車折（くるまざき）神社にでも行きますか」

と、アイデアを出している。

車折神社は、京都市右京区嵯峨朝日町にあり、

「桜大明神」

と呼ばれるほど、桜が美しい。

〈冠木門のようなしゃれた鳥居があり、くぐると、舞台の花道のような参道がつづいている〉

とあるのは、表参道だ。

入るとすぐ、朱色に塗られた大量の玉垣(たまがき)が、境内の緑と強いコントラストをみせている。玉垣には奉納した人の名前が書かれているが、芸能人が多い。日本舞踊の花柳流、小唄の春日会の人々の名があり、宝塚のスターたちの名前もある。

〈車折サンもモダンになっている。由利かおる、まどか輝、宝純子、光城ひろみ、鮎川いずみ、夏草かをり、加杉りか……〉

同行の編集部員、藤谷宏樹さんが、とまどいつつ聞いた。

「祭神は、どういう神なのでしょう」

〈アメノウズメノミコトとか「出雲(いずも)の阿国(おくに)」といったふうなら芸能の神にふさわしいのだが、そうではなく、祭神は平安後期の大学者清原頼業(きよはらのよりなり)なのである。このあたりが、神道の奇抜さといえる〉

司馬さんには、この神社で思い出す女性がいた。取材時より三年前に亡くなっていた。京都の先斗町の女将(おかみ)で、「嵯峨散歩」のラストはレクイエムともなっている。

◇　◇

司馬さんの取材から三十一年後、車折神社を訪ねた。京都の町中から嵐山の車折神社に行くには、「嵐電」が便利だろう。

嵐電は四条大宮から嵐山までを走る路面電車の愛称。正式には京福電気鉄道嵐山本線・北野線という。家並みや商店の合間をすり抜けてガタゴト進む。ちょっと鎌倉の「江ノ電」の雰囲気に似ている。

「帷子ノ辻」「蚕ノ社」など、読み方の難しい駅もある。「太秦広隆寺」駅が近づくと、どこかで聞いたオープニングの音楽が、かなりの音量で車内に響く。

〈デンデデーン、デンデンデデーン〉

「暴れん坊将軍」だった。なんとなく松平健の吉宗が、馬で嵐電と並走しそうな感じである。

やがて「車折神社」という駅についた。ホームを降りると、すぐに車折神社の裏参道に入ることができる。相変わらず、玉垣が目立つ。

二〇一五年の「車折サン」はさらにモダンというか、新旧対比がおもしろい。ジャニーズやＡＫＢ48のアイドルたち、ＥＸＩＬＥ。松平健に五木ひろし、里見浩太朗……。

「玉垣はどんどん増えて、現在四千枚近くありますね」

車折神社の権禰宜、丸山拓さんがいう。ＡＫＢ48グループの次期総監督に指名された京都出身の横山由依さんが、お母さんと玉垣を奉納しに来たことがあった。

「その日のうちに所属事務所から電話がありまして。ＢＳ放送での冠番組が決まったというんです。後日、収録でいらっしゃいましたね」

御利益おそるべしだが、学問の神様清原頼業に、どうして芸能人が殺到するのだろうか。

「よく勘違いされるんです。芸能の神様は、車折神社の本殿とは別なんですよ」

玉垣は同じ境内にある末社の「芸能神社」に奉納されたもので、祭神はやはり、天岩戸で有名な芸能の女神、アメノウズメ。

「芸能神社は、もとはここよりもっと北にあった末社なんです。昭和三十二（一九五七）年に、ここに分祀されました」

と丸山さん。分祀したのは、

「太秦の映画関係者の要請などがあったようです。昭和三十年代は映画の全盛期で、太秦商店街もたいへん活気づいていたころですね」

祭神の清原頼業はかつてこの辺りに住んでいたようだ。平安時代のすぐれた儒学者で、家系には清少納言もいる。時が流れ、鎌倉期の後嵯峨天皇が嵐山に向かうとき、ここで牛車の轅が折れ、「車折大明神」の神号を贈られたという。

その後、室町期に嵐山界隈には材木業者たちが増えた。

〈材木は大金のうごく商売である。さらには貸し倒れも多く、売掛金が回収できるかどうかに商いのいのちがかかっている〉

当時、材木商の誰かが近所の車折神社に願をかけ、売掛金が回収できたということがあったかもしれない。地元の人たちはいつからか、「ヨリナリ（頼業）サン」と呼ぶようになったようだ。

〈「ヨリナリ」であり「寄り成り（よりなり）」であり、つまりは売掛金が寄りますように、商いが成りますようにと願をかけるべき言霊（ことだま）のゆゆしき神であった〉

商売繁盛の神様であり、

〈とくにつけやかけで売る場合をうけもつ神さまなのである〉

さて、「嵯峨散歩」には魅力的な女性が登場する。若きころの司馬さんが行きつけた、先斗町の料理屋「ますだ」の女将、「お好（たか）はん」である。

〈色白のふとり肉（じし）で、生涯童女の顔のままでいた〉

お好はんは嵐電に乗り、月に一度ほど車折神社にお参りしていた。そのときには必ず掛帳（かけちょう）を持っていった。嵐電でこんな出来事があったと、お好はんが司馬さんにいっている。

「ソラ、えらいもんどっせ、帰りの電車の中で、ながいあいだお顔を見いひんかったお客サンが、お好はん、ええとこで遇（お）うた、ちゅうて、満員の人、かきわけて来やはりますえ」

その場でつけを払ってもらったという。さすがはヨリナリサンである。

現在も「ますだ」は、大皿に盛りつけられたおばんざい料理がカウンターにずらっと並ぶ人気店で、お好はんの妹の息子、太田晴章さんが店を継いでいる。

「京都のホームグラウンドと思ってくれてはったと思います。うちに荷物を置いてから出かけたりね」

夫人のみどりさんや須田さんはもちろん、たいてい五人以上になることが多く、十五人ぐらいになることもあった。

「串カツ食べたいなとかね。タケノコご飯にしてとか。素朴なもんがお好きでしたね。でも、どっちかというと、食べたり飲んだりよりも、一緒に来られた方と、激論をされることのほうに熱心でしたね」

八三年の十一月、司馬さんは「ますだ」の座敷で屏風に書を書いた。いまも座敷席には屏風が飾られている。九九年に開催された「司馬遼太郎が愛した世界展」で、この屏風が展示された。

図録にこう書かれている。

〈宴半ば、興に乗って、やおら司馬さんは部屋の隅にあった白い二曲屏風に、並いる面々の名を織り込んで何やら殴り書きをする〉

司馬さんは、お好はんについて書いている。

〈すぐれた絵画は無数の筆触の一つ一つにいのちが感じられるように、お好はんの片言隻句には、好もしい体温があった〉（「嵯峨散歩」以下同）

太田さんはいう。

「明るくて厳しかったですね。十三歳で奉公に出てますが、ちゃんとした学校に行っていたらどうなってたでしょうね。商売には執念を燃やしていました。僕にとっては、高島屋や大丸の食堂でカレーやパフェをごちそうしてくれる、優しいおばでしたが」

「がたがた言うな」というのが口ぐせだった。

「議論をされてるお客さんが多くて、『そのへんで終わっとき』みたいな意味というか、締めの言葉ですね」

お好はんが客の後ろに立つと、覚悟が必要だったようだ。

「久米宏さんが司会をしていたテレビ番組『ぴったしカン・カン』にVTR出演したこともあります。客の後ろにおばが立って、『さて、このおかみさんはこのあと何をしたでしょう』というのが問題で、正解は背中をドーンとたたくこと。背中をたたくのと、『がたがた言うな』がおばのセットでしたね」

けっこう痛かったそうだ。

八一年、お好はんは世を去った。

〈童女の顔のままだった〉

亡くなったあと、追悼本がつくられた。タイトルは『がたがた言ふな』である。執筆したのは、奈良本辰也、ドナルド・キーン、金子信雄、篠田正浩、山川静夫といった豪華な顔ぶれで、みなお好はんに背中をたたかれたのだろう。

司馬さんもその一人だった。

人は友人知己といっても、そういつでも会えるものではない。

〈その点、飲み屋のおかみは、いつでも、そこへさえゆけば、われわれにとって、会える人なのです〉

と追悼本に書いている。

〈友人にしたいという人柄というものは、ざらにあるものではありません。あるとすれば、この世には、おわすはずのない仏様か、その御眷族ぐらいのものでしょう〉

お好はんはそんな存在であり続けたという。

〈画家のように、おたかはんは「ますだ」という画廊で、何十年、出ずっぱりの人間の個展をひらきつづけていたような人でした〉

背中をたたかれた思い出がいまも生きる「ますだ」だった。

余談の余談❶

激高する男をなだめたタヌキのような術

藤谷宏樹

この旅は、『街道』にしては珍しく少人数だった。司馬夫妻、須田画伯、佐久間カメラマンと私。いつもなら他社の編集者なども加わり、夕食はちょっとした宴会になるのだが、この夜はホテルの地下のうどん屋で済ませた。

司馬夫妻が注文したのは「木の葉うどん」。全国的にはもちろん、関西でもマイナーな食べ物である。

ネットによれば、「薄く切った蒲鉾(かまぼこ)を玉子でとじた安価で庶民的な料理。名前の由来は不明」ということになる。だが、目の前のそれは、蒲鉾ではなく、竹輪(ちくわ)を斜めに薄くスライスしたものが載っていた。これなら、木の葉(というか、枯れ葉)に見える。

夕食を終え、ラウンジに移った。同行者にとって最大の役得、司馬さんの話を存分に聞ける「司馬千夜一夜」(Ⓒ安野光雅画伯)の時間である。

ところが、しばらくすると、大音声が響いてきた。

激高した男性が従業員に詰め寄り、執拗に罵声を浴びせている。広い室内にこだまし、何を言っているのかは聞き取れない。司馬さんがつと立ち上がり、男性のほうに歩いていった。私と佐久間カメラマンは緊張し、すぐさま駆けつけられるよう身構えた。ところが、みどり夫人は、その方向に背を向けたまま、悠然とたばこをふかしている。口元には、「あ、またやってる」とでもいうような笑み。

司馬さんは、あくまで穏やかに何ごとか男性に話しかけている。やがて、男性は嘘のようにおとなしくなり、照れたような笑みを浮かべて司馬さんが戻ってきた。何があったのか、どうやって収めたのか。みどり夫人は何も聞かない。私たちも、それにならい、何ごともなかったかのように、「千夜一夜」が再開した。

それにしても、どんな魔法を使ったのか？　司馬さんが、木の葉をお金に変えられるというタヌキみたいに思えた。

余談の余談❷

食にこだわらなかった司馬さんの豆腐への執心

藤谷宏樹

司馬さんのことを「タヌキみたい」と書いて、一部の熱烈な司馬ファンの顰蹙（ひんしゅく）を買った。けれども、木の葉うどん一杯の夕食であの創作のエネルギーを生み出せるのだから、やはり、木の葉をお金に変えることのできるタヌキみたいである。

よく知られているように、司馬さんは食が細く、偏食だった。新奇な食べ物に手を出すことはなく、味について触れることもほとんどなかった。アレルギー体質だったこともあるのだろうが、食という、動物としての人間の原初的な欲望については深入りしたくなかったのかもしれない（もう一つの原初的欲望である「性」についても同様だった）。

「嵯峨散歩」では、豆腐について一章が設けられている。ただし、筆はもっぱら歴史や製法に割かれ、味については、「たしかに旨い、不味（まず）いがある」とあるだけだ。

司馬さんの豆腐への執心は、『花神』という小説を書いて以来の後遺症だという。豆腐好きの村田蔵六（大村益次郎）を主人公としたその作品では、豆腐は、虚飾を嫌い質実に徹した主人公のありようを象徴するものだった。

司馬さんの豆腐話は『街道をゆく』の海外編にも出てくる。

「南蛮のみちII」では、マドリード近郊のエル・エスコリアル宮を訪れたとき、従来の教会建築とは異なる、装飾を排した外観を見て、ふいに河野通紀という画家が描いた豆腐の油彩画を思い出したという。

「蜀と雲南のみち」では、麻婆豆腐について、「たれもがよろこぶ食品や料理法を考えだして人間のくらしをゆたかにしたというたぐいの功績というのは、へんぺんたる叙勲などではおおいきれない」と最大級の賛辞を贈っている。

ちなみに、これに続く言葉は「日本でいえばカマボコやチクワ」。ともに、木の葉うどんの具材である。

奈良千三百年の光彩　「奈良散歩」の世界

修二会の〝気迫〟

せんとくんが人気だった平城遷都一三〇〇年は二〇一〇年で、さらに歴史が重ねられた。その奈良の象徴として、東大寺の修二会（お水取り）がある。

〈この行法には気迫と、鑽仰への熱気が必要なのである。それが、百年一日どころか、その十倍の歳月のあいだ、つづけられている〉（『街道をゆく24近江散歩、奈良散歩』）と「奈良散歩」にある。

毎年三月一日から二週間にわたって行われる修二会は、二月堂に多くの人を集め、深夜まで続く。

松明が火の粉を散らしながら駆け抜ける。籠もる僧たち（練行衆）が突然走り始める。体を激しくたたきつける「五体投地」の音が響く。ダイナミックな儀式の連続で、眠気もふっとぶ。

東大寺長老、東大寺真言院の上野道善さんは、修二会を三十一回経験しているという。

「松明に導かれて上っていくのですが、だんだん天上界に上っていくような気になります。ただ、お堂の中は油煙が立ちこめ、そこで大きな声で唱えますから、鼻の中が真っ黒になることもあるんです」

修二会が始められたのは、大仏開眼と同じ七五二（天平勝宝四）年。平家が奈良を焼き討ちしたときも、廃仏毀釈が吹き荒れたときも、絶えることなく続けられてきた。

上野さんは二百十九代目の別当（責任者）で、十四代には空海もいる。

「密教や顕教、シルクロードを通じて入ってきた文化など、あらゆるものが採り入れられ、集大成のような儀式として完成しましたね」

修二会の夜、松明の火の粉が前に立つおばちゃんの頭でちりちり燃えた。親切で払うと、すごい顔で睨まれた。火の粉は縁起がいいらしい。

「余計なこと、すな！」

憤怒の顔が松明に浮かび上がった。

遠出のデート

司馬遼太郎さんはときどきいっていた。

「『街道をゆく』はいつのまにか、僕の娯楽になりましたね」

週刊朝日連載当時の担当者としてはうれしい言葉だが、こうも思っていた。こんなハードな娯楽があるだろうかと。企画立案取材はもちろん、資料整理も全部、司馬さん。座業で書くぐらいならやめてしまう人だった。担当者の仕事はいろいろあったようで、実はあまりなかった気がする。

めったに休載をせず、毎週の原稿はいつも早めだった。一九七一（昭和四十六）年一月の「湖西のみち」にはじまり、国内、海外の七十を超す街道を歩き続けた。九六年三月の「濃尾参州（のうびさんしゅう）記」まで、通算で連載は千百四十七回に及び、単行本四十三冊、原稿用紙だと約一万八千枚にもなる。四半世紀を完走した壮大な「娯楽」。それを書く楽しみについて、司馬さんは表現している。

〈まず、書斎で、古ぼけてぼろぼろになった分県地図をひっくりかえしてみる。ここへゆきたいと思いたつと、その部分のこまかい地図をとりだしてきて、拡大鏡で見つめる。地図も見なれてくると、むこうが、演技をしてくれる。渓流は音をたてて流れ、山の稜線(りょうせん)も、その下の野に立って仰ぐ場合のように、ながながと横たわってみせてくれる〉

（「旅の動機」『ガイド　街道をゆく　西日本編』）

司馬さんはこうもいっていた。

「僕ら凡人はね、……」

地図に〝演技〟をさせてしまう人の、どこが凡人なのだろうか。

そんな司馬さんの『街道』のうち、奈良を訪ねることにした。

奈良は司馬さんの母方の故郷で、少年時代は葛城(かつらぎ)山麓の當麻(たいま)町竹内(たけのうち)（現・葛城市）でよく遊んだ。産経新聞の記者時代は多くの寺社に通っている。担当のひとつには宗教もあった。奈良は司馬さんの「原点」のひとつかもしれない。

もちろん「奈良散歩」の舞台でもある。

〈ことし（昭和五十九年）は、日本じゅうが、異例の寒さだった。三月一日、東大寺二月堂のお水取りの行(ぎょう)がはじまった日、奈良市にゆき、池畔の宿にとまった〉

と、司馬さんは「奈良散歩」に書いている。

一九八四（昭和五十九）年にタイムスリップすると、出発の日、司馬さんの住む大阪では雪が降っていた。寒がりな司馬さんのため、夫人のみどりさんは短めのブーツを用意した。歩きながら話に夢中になって転ぶことを心配したのかもしれない。

「こんな女の子が履くようなものをって最初は嫌がっていたけど、迎えにきた人から奈良も雪と聞いて、得意そうにね、『そうですか、いや、僕はね、ブーツなんですよ』って。さも自分で用意したみたいにね」

と、みどりさんは回想してくれたことがあった。ブーツで歩いた「奈良散歩」である。

◇　◇

司馬さんは時間と空間を把握しつつも、自由自在にワープしてみせる。「あるとし」と断り、司馬さんは「奈良散歩」を楽しむ。

〈旧市内の一角で食事をしたあと、わるい習慣なのだが、あとは河岸を変えて一杯飲みにゆこうと思った〉（「奈良散歩」以下同）

ところがあまり店がなく、近鉄奈良駅に近い商工会議所辺りの店を目指したという。

〈私どもは、夜中の大路を横切った。途中、暗い樹間のところどころに鹿の目が光るばかりで、人影というものがなかった〉

奈良公園近くから歩き、塔の下を通り過ぎたとき、一緒に歩いていたという中国の友人が不思議そうに見上げ、司馬さんに聞いた。

「これは、何です」

「五重塔（興福寺）」

「これは、中国にない」

夜道を歩きながら、話題は仏教、仏舎利（釈迦の遺骨）、奈良時代の塔の建築と広がっていく。さらには奈良生まれの宮大工、西岡常一さん（一九〇八～九五）の話も登場する。

そのあとに興福寺五重塔の話になる。興福寺が巨大な寺院だったこと、明治の廃仏毀釈で五重塔も安値で売り出されたこと、ようやくピンチを免れたことなどに触れ、司馬さんは同行者たちに語りかける。

「至福だと思いませんか」

〈たかが飲み屋にゆく道行の途中が、これほど贅沢な景観であると

いうのは、何に感謝していいのだろう〉

司馬さんはこの夜の散歩が気に入ったようだ。同じコースをもういちど歩き、塔の下を歩いている。

〈やがて、五重塔の軒下にさしかかったとき、ことさらに立ちどまらずに歩いた。塔をつよく意識しながらも、一見無視してゆくということの贅沢さを味わいたかった〉

ところで司馬さんはこのとき、自分の若き日も思い出しただろうか。

司馬さんとみどりさんが初めて遠出をした場所が奈良だった。みどりさんが書いた『司馬さんは夢の中1』（中公文庫）に、そのエピソードが詳しく書かれている。

産経新聞文化部で机を並べていた二人は、みどりさんの表現を借りると、「トモダチ」から「コイビト」へと進化していく。

「遠出しようか」

といったのはみどりさんで、司馬さんはちょっと戸惑った顔になった。本当にいいのと気を使ったあと、笑顔になったという。

「いいな。何処に行く？」

「奈良に行こうよ」

「OK、奈良なら僕に任せてくれ」

一九五四（昭和二十九）年の一、二月のころで、「奈良散歩」の三十年前になる。大阪から奈良につくと、司馬さんの声は弾んでいた。

「さあ、何処から行く？　何処に行きたい？」

しかし、すでに夕方五時をすぎ、町は暗かった。みどりさんは奈良に行こうといったことをちょっと後悔したが、任せるしかない。

〈司馬さんと私は、夜の奈良のまちを歩き続けていた。私は何処に向かっているのかもわからないままに、ただ司馬さんに従いて歩いていた〉（『司馬さんは夢の中1』以下同）

ところが司馬さんも、どこに向かっているのか、このときわからなかったようだ。

しばらくしてみどりさんはいった。

「ネェ、この道、さっきも通らなかった？」

同じ道を三度も通っていたという。

「うん、見つからないんだよ」

ようやくみどりさんは、自分に比べるとマシではあるが、司馬さんも方向音痴であることに気付いた。間違っても絶対に人に道を聞こうとしないので始末が悪い。

結局、行きたい場所には行けず、駅前の商店街でまずいうどんを食べ、「遠出」は終わった。帰りの電車で、司馬さんは力説した。

「京都なら、まちがいなく、案内できるよ。今度は京都へ行こう」

結局、京都でも迷ったそうだ。それでもデートのたびに迷うわけにはいかず、司馬さんは対策を立てた。

〈その後、奈良には、取材も含めて、何度も行ったけれど、司馬さんは、いつも地図を持っていた〉

地図に「演技」をさせるようになるまで、司馬さんといえども「努力」があったようだ。

◇　◇

奈良市の写真家、井上博道さんはこの時代の司馬さんを懐かしむ。井上さんは産経新聞の後輩で、「奈良散歩」にも登場する。

〈昭和三十年ごろ、私は新聞社にいて、文化欄を編集していた。奈良の古建築や古彫刻などの世界にも、めだたない脇役がいるはずだと思い、当時、写真部にいた井上博道氏に相談した。かれは奈良にくわしかった〉

東大寺の戒壇堂の広目天は天邪鬼を踏んづけて立っている、脇役の天邪鬼は目立たないが、おもしろいじゃないかと考えた。

こうした魅力的な脇役が、奈良や京都にはたくさんいる。実家が兵庫県香住町（現・香美町）の禅寺で、幼いころから井上さんは東大寺でよく遊んでいたという。

「大仏の膝の上に座ったりね。つるつる滑るけどおもしろかったなあ」

まず井上さんが撮影し、筆者を探す。

「学者の先生があまり難しいことを書くと、司馬さんがさっと書き直してましたね」

連載は評判となり、単行本『美の脇役』（淡交社）となり、井上さんのその後の生き方を決めることになった。

「それから折あるごとに僕は司馬さんにいろいろ相談をしましたね。『おれ、お前の兄貴ちゃうで』といわれたこともあるな（笑）。いちど奈良を離れて東京に行こうと思うというと、『君が東京に行って何を撮るんや』と。目がさめましたね。子どものころから過ごした奈良や京都を撮るのが、自分には向いている。司馬さんには『骨肉やな』といわれました」

司馬さんにとっても奈良は「骨肉」だったのかもしれない。

海恋いの奈良人

『街道をゆく』の「竹内街道」の舞台、奈良県北葛城郡當麻町竹内（現・葛城市）は、司馬さんにとって心の「故郷」だろう。

〈私は幼年期や少年期には、竹内村の河村家という家で印象的にはずっと暮らしていたような気がする〉（「竹内街道」『街道をゆく1湖西のみち、甲州街道、長州路ほか』）

河村家は司馬さんの母、直枝さんの実家。夫人の福田みどりさんが書いた『司馬さんは夢の中3』（中公文庫）には、その母親の直枝さんが登場する。直枝さんは、

「面白（おもしろ）おまんな」

と、話を始めることが多かった。

〈そう言いながら含み笑いをしている義母の顔を見ていると、そよ風に吹かれているような柔らかい気分になってくるのよ〉

と、みどりさんは書いている。

新婚のころ、直枝さんはいった。

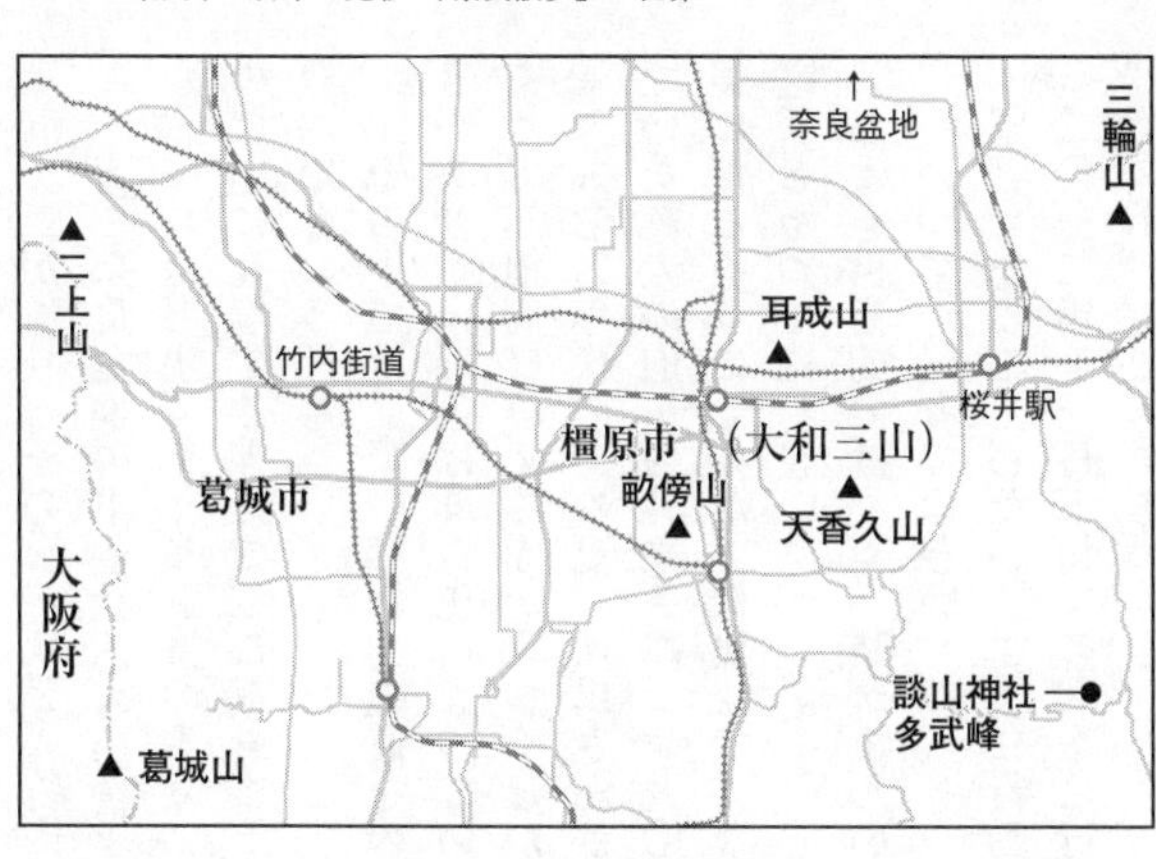

「面白おまんな。定一ちゃんは、ほんまに卦体な（風変わりな）子でしてんで」

司馬さんの本名は福田定一という。小学二、三年のころ、竹内で一晩遊んで帰り、脱ぎ散らかしたズボンはずっしり重かった。大小の石や砂、萎れた桔梗の花が入っていたという。

直枝さんは石は大事そうだから机の上に置き、桔梗は捨てたところ、

「それを見て定一ちゃんが騒ぎだしましてな。紫の花を何処へやった、言いますよって、ほかした（捨てた）言うたら、わん、わん、大きな声で泣き出しましてん」

ご飯も食べずに寝てしまい、朝になると机の石も捨てていたという。

大人になっても野の草花が好きだった司馬さんらしい。

奈良盆地（国中）の西側に葛城山（九五九メ

ートル）があり、そのなかほどに竹内村もある。

一方、奈良盆地の東側にあるのは多武峯（六〇七メートル）。近鉄大阪線の桜井駅から六キロほど歩くと、多武峯の木立に隠れる「談山神社」が浮かび上がる。「奈良散歩」の冒頭に登場する神社で、ここもまた定一君ゆかりの地だろう。子どものころ、遠足で登ったという。

〈記憶の中では、暗い杉木立の道をのぼってゆくと、大和絵に出てくるようなまるい頂きがあり、山の色は群青色になっている。中腹の樹林に天から舞い降りたような建物があって、樹間にみえる赤がうつくしかった〉（「奈良散歩」以下同）

一九七〇年代のある夏、司馬さんは夫妻で多武峯を訪ねている。当時、奈良市に住んでいた歌人の前川佐美雄さん（一九〇三〜九〇）に会うためで、このときの前川さんは実にだるそうに見えた。低血圧で、夏場は特にひどく、仕事をしていなかったという。電話も嫌って持たない。

〈およそ世俗的ではなく、晴がましいことがきらいだった。

といって、隠者ではない。

隠者であることじたい、すでに行動的で、そういうこともわずらわしい〉

二〇一二年十一月下旬、多武峯に行くと全山紅葉の盛りだった。ここは関西で屈指の紅葉スポットでもある。

参道は参拝客でごった返している。コンニャクや奈良漬けをすすめられつつのぼると、談山神社の宮司の長岡千尋さん（五九）が待っていた。

「本当は由緒のある神社ですが、新聞社には紅葉のことしか聞かれませんな（笑）。年間十五万人が参拝されます。春の桜の季節が数千人で、あとはほとんどが紅葉。それ以外の季節は残念ながら、ずっとシーズンオフという感じですわ」

多武峯は藤原（中臣）鎌足（六六九年没）にゆかりがある。大化の改新（六四五年）で、中大兄皇子（天智天皇）と謀って蘇我氏を討った。その計画を練ったのが多武峯で、死後に葬られたのもこの山だった。

「ここには世界でも最古で唯一の十三重塔があります。普通の塔には仏舎利（釈迦の遺骨）を納めるものですが、ここでは鎌足の遺骨が納められている。鎌足は死後も恐れられ、奈良を見下ろす多武峯に葬られた。睨みを利かせたんですな」

長岡さんが書いた『大和多武峯紀行』（梅田出版）によれば、中世の多武峯は僧兵三千人を擁していた。

「南朝に味方して山岳ゲリラ戦に秀でていたようです。戦国時代も危険な存在だったため、秀吉の刀狩りの第一号の対象になりました。一方で、能の世阿弥を保護するなど、芸術に関心の深い土地柄でもあります」

長岡さん自身も文武両道。徳島の高校時代はインターハイ、国体に出るなど、柔道一直線だったが、国学院大学時代に神職を目指した。

「少年のころからのジャズマニアで、短歌もやります。折口信夫さん、前川佐美雄さんに大きな影響を受けました。私は前川さんの最後の弟子ですね」

晩年に門人になり、いまでは前川さんが創刊した歌誌「日本歌人」の選者にもなっている。

「前川さんは口語短歌やシュールレアリスム運動をいち早く短歌に採り入れられました。非写実を貫き、特に初期の作品は個性的ですよ」

歌集『大和』の冒頭で歌う。

「ゆく秋のわが身せつなく儚くて樹に登りゆさゆさ紅葉散らす」

長岡さんはいう。

「普通なら紅葉をはかなんで涙を浮かべるところが、木に登ってゆさゆさですからね。揺すらんと気がすまんのですわ。歌集のなかの『修羅』という括りのなかの一首です。前川さんは終生、修羅をかかえていたんでしょう」

もう一人の〝修羅〟が多武峯にいた。洋画家で、歌人でもあった六條篤（一九〇七〜四四）で、三十七歳という若さで病没した。司馬さんは、

「海恋いの奈良人」

と評している。

代表作の絵画「岬」には、巻き貝や二枚貝の向こうにブルーの海が描かれている。また『六條篤詩選集』のなかの「三等郵便局」という詩にもそれを感じさせる。

〈風景入りスタンプの中の若い三等郵便局長R氏はいつも海ばかり見てゐる。

　どの異郷人（たびびと）も

　どの異郷人（たびびと）も

海へゆく方向（みち）を尋ねる〉

六條篤は談山神社の子院だった名家に生まれた。デッサンなどを学んでいた矢先、三等郵便局（特定郵便局）の局長だった父を亡くし、継がざるを得なくなった。

〈それだけに、外界へのあこがれがつよく、それが海に象徴されていたかと思われて、痛々しさを感じざるをえない〉

司馬さんは産経新聞の記者時代、連載企画「美の脇役」で多武峯を取り上げ、前川さんに原稿を依頼した。

前川さんは文中で、六條篤との会話を紹介している。

「絵の方はともかく、歌は三十一文字がよいと言ったら、あの十三重の塔のようですが（註・十三重塔の調和のよさを比喩しているのだろう）、あれを朝夕見ているとひっくり返したくなるのですよ、と笑って答えた」

長岡さんはいう。

「六條篤さんにとって多武峯は庭のようなもので、隅から隅まで知っていた。実は鎌足の墓から、はるかに大阪湾が見えるんです。天気がいいと、『茅渟の海』がきらきら光る。大阪南港のタワーも見えます。山の上から海を眺め、あの代表作の絵『岬』が生まれたと私は思いますね」

海恋いの奈良人といえば、「竹内街道」にもそんな話があった。

実家近くには、大きな池があったそうだ。その下にも池があり、「カミノイケ」という単純な名だった。池の中央は青く、主がいるといわれ、村の子どもたちは畏怖していた。

一方、定一君は村の子に鳥や虫、池の知識ではかなわないものの、浪速っ子なので村外のことには明るかった。池で泳いでもいたという。ある日、村の子たちに聞かれた。

「海ちゅうのは、デライけ?」

満州事変(一九三一年~)前後というから、定一君は八歳前後。わんわん泣いた時期とほぼ同じだろう。

土地の子どもたちの行動範囲は隣村までも及ばず、海の大きさが想像できなかったらしい。

定一君が、

「デライ」

と断定すると、さらに、

「カミの池よりデライけ」

と、聞かれた。表現に困り、

「むこうが見えん」

というと、村の子たちは爆笑した。

〈そんなアホな池があるもんけ、と口々にののしり、私は大うそつきになってしまった〉

どうも「竹内街道」に、六條篤の叙情はない。

阿修羅の時代

司馬さんが『街道をゆく』の連載を始めたのは一九七一（昭和四十六）年一月。田中角栄が『日本列島改造論』を発表して首相になる一年前だった。日本中でブルドーザーがうなりを上げている時代だろう。

奈良の「竹内街道」の取材（一九七一年）でも、司馬さんは故郷の劣化を目の当たりにした。

ブルドーザーが赤松林を根こそぎならし、古墳をこそぎとった跡地に、赤青の塗料を吹きつけた瓦屋根の群れが並ぶ。

同行の須田剋太（こくた）画伯もいう。

「大和ももうだめですね」

荒廃の原因を司馬さんはずばりと書いている。

〈ここ十年来大阪あたりから出てきたおでこのぴかぴか光った連中がつくりあげたものである〉（「竹内街道」以下同）

あるとき、奈良県大和高田市の冬田でおでこが光った数人を見かけた司馬さんは、彼らに声をかけている。

「おっさんは、建売り屋か」

「県の役人や」

しかし役人には見えない。そのうち、あぜ道でじっと見ている司馬さんが不愉快だったのだろう。

近づいてきていった。

「お前、ゼイムショか」「ゼイムショとちがうならあっちへ行け」

〈なるほどこの男たちがこの世で怖れる唯一の存在は税務署であり、ひょっとすると税務署だけがかれらのやる風土破壊のエネルギーから大和をまもろうとする唯一の歯止めだったのかもしれない〉

変わらないものもある。

司馬さんが好きだった「阿修羅」もそのひとつだろう。

二〇〇九年に東京と福岡で開催された「国宝　阿修羅展」は記憶に新しい。東京国立博物館では総入場者数が九十四万人で、一日の平均入場者数は一万五千人を超えた。待ち時間が三時間以上になったこともあった。

いまは、「興福寺国宝館」でその姿を見ることができる。修学旅行生やご婦人中心の団体にもまれても、並ぶことまではない。「奈良散歩」の取材（一九八四年）で、司馬さんは同行者に阿修羅を見ながら聞かれた。

「こういうひと、好きですか」

「たれでも好きでしょう」

司馬さんは、阿修羅のせつなげな表情を、少女と見立てたようだ。

「すぐれた少女なら、少女期に、瞬間ながら一度はこういう表情をするのではないでしょうか」

とも語っている。

〈阿修羅は、相変らず蠱惑（こわく）的だった。

顔も体も贅肉がなく、性が未分であるための心もとなさが腰から下のはかなさにただよっている。眉のひそめかたは、自我にくるしみつつも、聖なるものを感じてしまった心のとまどいをあらわしている。すでにかれ――あるいは彼女――は合掌しているのである〉（「奈良散歩」）

魅せられたような表現だが、興福寺貫首（かんじゅ）の多川俊映さんはいう。

「三浦朱門（みうらしゅもん）さんも阿修羅が好きだったそうですよ。中学生のころに大きくなったらこういう人と結婚したいと思い、写真を部屋に貼って眺めていたところ、よく見るとヒゲが描かれていた（笑）。男性にとっては理想の女性、女性にとっては理想の男性に見えるのかもしれません」

司馬さんが見たころの展示と現在（二〇一二年）では違っている。単体でガラスケースに入っていたが、いまは「八部衆」と横並びになり、ＬＥＤの照明に浮かび上がる。

「八部衆」はインドの神話に登場する神々がモチーフで、仏教を守る守護神。阿修羅もそのひとつだ。

阿修羅の仲間には、顔が鳥で体が人間の「迦楼羅」、丸顔の少年のようで、とぐろを巻く蛇が頭にいる「沙羯羅」、あごひげを蓄えたダンディー系の「畢婆迦羅」などがいて、見飽きない。

一五〇センチ前後のものが多く、阿修羅も一五三・四センチ。手が六本、三面の顔を持つ。

「仏像を作るときにはもとになる経典があるのですが、阿修羅の場合はあまりありません。結局、表情は作り手の裁量にまかされています。悪神でもありましたから、他のお寺の阿修羅は怖い顔をしていますね」

阿修羅はもともとはゾロアスター教（拝火教）の最高神で、インド神話の世界に入り、悪神となってインドラ（帝釈天）と絶えず闘い、負け続ける。

「その後は仏の教えによって善神となります。普通は守護神ですから、槍を持ったり甲冑を着たりするんですが、興福寺の阿修羅は上半身裸。甲冑も着ていませんし、下もスカートみたいな感じです。闘いに関するあらゆるものを捨てています」

一九五二（昭和二十七）年にも阿修羅は東京にやってきた。

「当時の『春日興福寺国宝展』には、三週間弱で約五十万人が集まりました。ただし、阿修羅が〝スター〟となったのは戦後からです。天平時代から西金堂の中で、あくまでも群像の一軀として安置されてきました。暗いところにいたので、そもそも存在を知らない僧侶もいたようです」

興福寺が監修した『阿修羅を究める』（小学館）という本のあとがきに、多川さんは書いている。

〈和辻哲郎の『古寺巡礼』（大正八年）や亀井勝一郎の『大和古寺風物誌』（昭和十八年）は、ついに阿修羅の美を語らなかった。——阿修羅は、ながい間、ごくかぎられた一部の人に知られていたに過ぎなかったのである〉

興福寺は長い歴史を持つ。流出した仏像もあり、それほど注目を集めなかったことが阿修羅にとっては良かったのかもしれない。

〈私どもが、奈良公園とか奈良のまちといっている広大な空間は、あらかた興福寺境内だったといっていい〉（「奈良散歩」）

前身の寺はあるが、正式には七一〇（和銅三）年、藤原氏の氏寺として興福寺は建てられた。

いまの奈良市でいえば、奈良県庁から猿沢池（さるさわのいけ）あたりまでを網羅する広大な敷地を持っていた。東大寺よりも規模が大きく、法隆寺や薬師寺を末寺にしていた時期もあるそうだ。現在の境内は、そのほんの一部ということになる。

それだけの規模だとトラブルも多くなり、特に火災が多かった。

平安時代には三回の大火があり、そのたびに再建されたが、平家の南都焼き打ち（一一八〇年）にもあっている。伽藍（がらん）の多くが焼失したが、阿修羅は生き延びたことになる。

「阿修羅の体重を量ると十五キロぐらいなんです。小脇に抱えることもできるし、そういう非常時には僧たちが二体ぐらい小脇にかかえて避難させたかもしれません」

明治に入ると、今度は廃仏毀釈の嵐が吹き荒れる。神仏分離令（一八六八年）により、神社は優遇されて寺院は排斥された。多川さんも監修した『興福寺のすべて』（小学館）には、

〈興福寺は、そのなかでも被害がとくにいちじるしく、一八七〇年には寺僧を失い、堂や塔のみが残され廃寺同様の状況に陥った〉（「興福寺を離れた仏像」金子啓明）

とある。鎌倉時代から残っていた食堂（じきどう）などが破壊され、仏像は流出し、興福寺の象徴、

五重塔さえも売りに出されたともいわれる。

「五重塔の売値は二十五円とか五十円、百五十円や二百五十円とも。それほど興福寺が荒廃した状況にあったということですね」

と、多川さん。友人の画家の曽祖父が、四人ほどで五重塔を買おうという話になったそうだ。

結局、資金調達が間に合わずに話は流れたが、いまでも友人は五重塔を指さし、

「『世が世なら、あれは今ごろ俺のものだ』というんです」

と多川さんは笑っていう。

やがて明治政府が廃仏毀釈を取りやめ、古社寺保存金制度を実施したことで、嵐は収まった。

〈われわれが、芝生と松林の静まりのなかで、(略)国宝興福寺五重塔の下をすぎてゆく幸福を得るようになるのは、明治政府が正気をとりもどしたおかげである〉(「奈良散歩」以下同)

「いま興福寺では中金堂の再建をしています。完成するのが平成三十年で、ちょうど明治百五十年。今後、明治以来の宗教をめぐる見解を見直す時期になってくると思いますね」

近鉄奈良駅を出てすぐある大通りが「登大路(のぼりおおじ)」。かつての興福寺の敷地のど真ん中を

通っている。鹿たちの出迎えを受け、ゆるやかな上り坂を歩けば、興福寺の五重塔が目に飛び込んでくる。そこに今日も阿修羅がやや眉をひそめて待っている。

〈阿修羅は、私にとって代表的奈良人なのである〉

と、司馬さんはまとめている。

壺法師の声

『街道をゆく』でややむずかしい話が続くと、司馬さんは絶妙なタイミングで話題を変える。そんなときのエースは、常に装画の須田剋太画伯だった。「奈良散歩」でも遠い目をしてつぶやく。

「私も、奈良時代が好きです」

天平文化が咲き誇った「奈良時代」のことではない。

〈ご自分の年譜上の区分である〉（「奈良散歩」以下同）

須田さんは埼玉県吹上町（現・鴻巣市）に生まれ、絵の修業をするために東京に出ようとした。

「でも須田さん、臆したんだね」

と、司馬さんが楽しそうに話してくれたことがある。

「手前の浦和で降りて、空き工場の一角に住み込んでひたすら描き続けた。これが『浦和時代』で、十九年も続く。日展の特選に選ばれたけど、画商もつかず、お金にはさっぱり縁がなかった。見かねた京都のある経営者が寮の番人にしてくれ、戦争中に関西に移ってきたんだね。池の鯉に餌をあげてるうちに戦争が終わり、その後は奈良に住みつくようになった。それが『奈良時代』で、須田さんは恩人に出会ったんだ」

あるとき、須田さんが奈良市の東大寺境内で写生をしていた。

〈アトリエでも野外でも、背をまるめてカンバスを左腕でかかえこみ、イノシシが芋畑を掘りおこしているようなかっこうで描く〉

薄暮のなか、南大門を血相変えて写生している姿を見たのが、上司海雲さん（一九〇六〜七五）だった。

七二年に東大寺二百六世別当となり、昭和の大仏殿大修理にも携わっている人だが、須田さんがただ者ではないと直感したのだろう。

「あのひとだけは、夕方、閉門後も、大目に見てあげなさい」

と警備の人にいってくれた。おかげで須田さんはのびのびと東大寺で絵が描けるようになる。

〈山内の闇も、古堂から洩れる灯火の色も、木立のみどりも、総がかりで須田さんの心を染めあげた。また天平の仏たちを見つづけ、あるいは二月堂の床を踏む僧たちの木沓の音に千数百年前の音をきいたりした〉

以後、同い年ながら、上司さんは須田さんの庇護者となった。

〈須田さんの画業は、浦和時代の十九年よりも、その後の奈良時代にできあがったといっていい〉

ちなみに司馬さんは須田さんより十七歳年下だが、『街道をゆく』でコンビを組んで以来、庇護者となっている。

尊敬する人を見つけると、ガムシャラに慕うのが須田さん流なのだろう。

そんな「奈良時代」に思いを馳せつつ、司馬さんは東大寺の境内を歩いていく。大仏殿はもちろん、二月堂、法華堂（三月堂）、戒壇堂、正倉院と見どころが多い。

〈私はこの境域のどの一角もすきである。

とくに一カ所をあげよといわれれば、二月堂のあたりほどいい界隈はない。立ちどまってながめるというより、そこを通りすぎてゆくときの気分がいい〉

二月堂を通りすぎると、道はゆるやかなくだりになる。

〈二月堂を左に見つつ、三月堂と四月堂のあいだをぬけて観音院の前につきあたり、やがて谷を降りてゆくという道がすばらしい〉

観音院は東大寺の子院（塔頭）のひとつで、三十三歳で上司さんが住職となった。司馬さんがまだ産経新聞の記者時代の一九五〇（昭和二十五）年十月、観音院をたずね、『東大寺史』をプレゼントされている。

〈上司さんは、初対面の若僧に、当時としては（いまでもそうだが）入手しがたい本をくれたのである〉

上司さんの交友は広い。

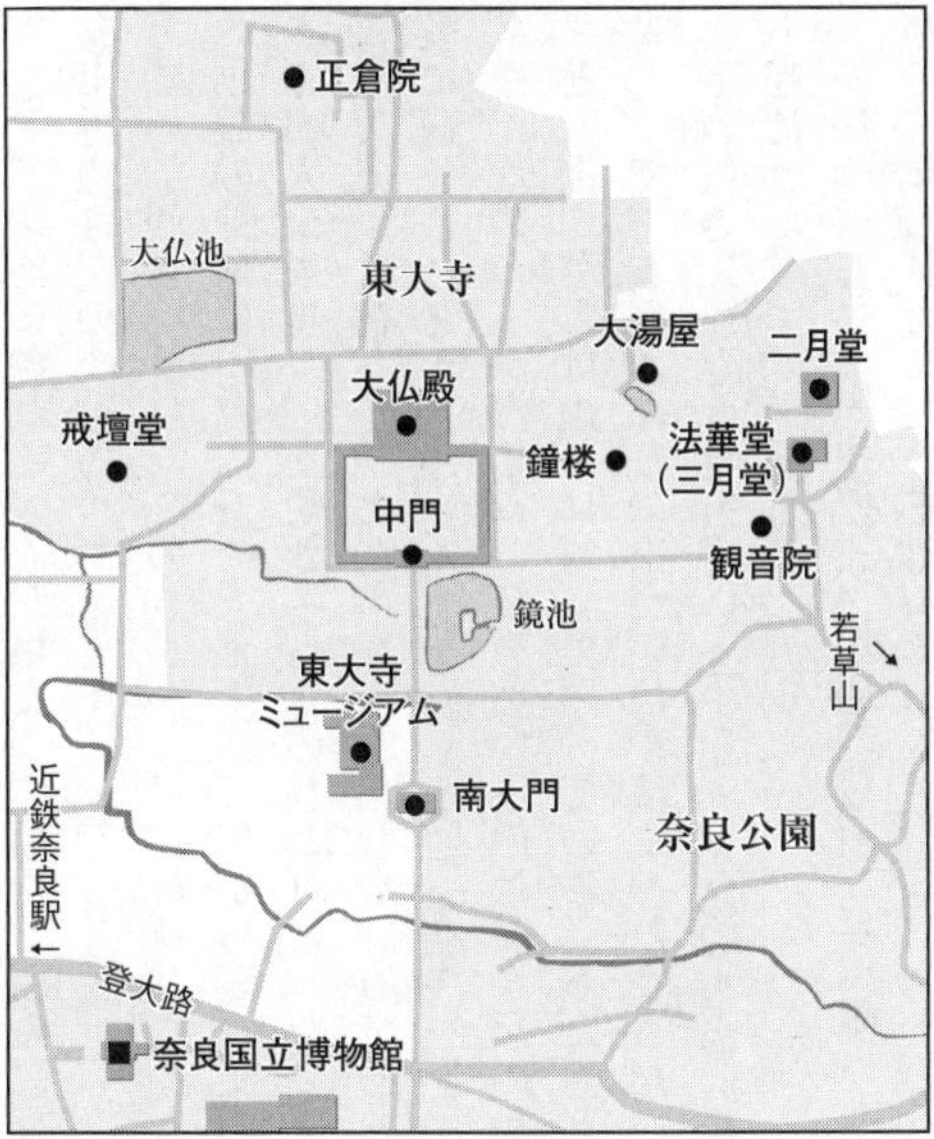

さまざまな人が観音院に集まってきた。ときどき、正体のわからない人までいて、須田さんが、

「あの人はどういう人ですか」

と聞くと、上司さんは、

「俺も知らないのだ、ただここが好きで来るのだから、いたっていいでしょう」

と言うだけだったという。

歌人の会津八一、『月山』を書いた作家の森敦、須田さんの盟友で画家の杉本健吉、奈良を生涯撮り続けた写真家の入江泰吉など、才能に溢れる人々が集まっていた。さらには、司馬さんと親しかった写真家の井上博道さんの姿もあった。

この〝観音院サロン〟のきっかけは志賀直哉だったようだ。

小説の神様は一九二五（大正十四）年から三八（昭和十三）年まで奈良に住んでいた。多くの人が集まり、上司さんもそのひとりだった。

「志賀先生は神とか仏とかの存在を信じない方でしたけれど、言われることはなにか仏教に通じることもあったんですね。（略）先生に傾倒していくうちにほんとうの宗教とはなんなのか、ほんとうの仏教というのはなんなのかをぼつぼつ教えられた」

と、上司さんはのちに対談で語っている。もともと僧侶になりたくなかった上司さんにとって、志賀さんとの出会いは転機だったようだ。

「観音院さん」と呼ばれていた上司さんは、壺の収集家としても知られ、「壺法師」とも呼ばれた。

『壺法師海雲』（上司海雲追憶記刊行会）に収録された、女優の日色ともゑさんとの対談で、壺の魅力について語っている。

「女にふられる、だまされる（笑）、また、親しい友だちに裏切られる、というように人間に失望したとき壺がなぐさめてくれる。いっしょにふろに入れて愛撫したり枕元に置いて楽しんだり……」

しかし壺は壺である。

「やっぱりものも言わないし、血も通っていないからね。さびしくなってまた人間のほうにもどって、恋愛したり、友だちの友情に甘えたりする」

そしてまた失望し、壺へと戻る。

「壺ってからっぽでしょう。大きい目をあいて、上をむいて、腹に一もつもない。（略）わたしに壺が似てきたんか、わたしが壺に似てきたんか（笑）」

上司さんは座談の名手として知られた。この対談でも、

「（若いころは）『東大寺の肉弾三遊士』っていわれたくらいです」

と、日色さんを笑わせている。

花札、ビリヤード、芸者遊びに忙しかったらしい。壺法師の助走期間だったのだろう。

「結婚後も、一カ月分の生活費を一日で使うてしもうたりして、家内に苦労かけました」

二〇一二年秋、海雲さんを大叔父（おおおじ）に持つ、東大寺の上司永照（えいしょう）さん（五〇）に会った。

「海雲さんは、借金してでも集まるお客さんにご馳走を食べさせ、それもたいていすき焼きだったと聞いています。そのお金を作るために、時々お金になりそうなものを持っていっていたみたいで、私の祖母も困っていたな（笑）。僕ら小学生にも、『ノート代や』言うてね、五千円もくれるんです。気前がよすぎますよね」

『壺法師海雲』に司馬さんが寄せた追悼文で、

〈どういう人格をもてばああいうまるい、ころころと玉がころがり出してくるような声が出るのか、じつにふしぎでした〉

と書いているが、永照さんも張りのある声で話す。

「この声は遺伝でしょうね。ただ海雲さんは、司馬さんがおっしゃるように、わりあい高い声でした。人間的な魅力がにじみ出るような、ええ声でした」

三月一日から十四日までの修二会（お水取り）のとき、東大寺は参詣客で大混雑となる。もっとも永照さんの少年時代は、まだのどかな雰囲気だったという。

「私たちを含めた近所の子どもたちにとっては、楽しいお祭りでした。お松明を拝むというような気持ちはなくて、ただ嬉しくて駆けまわっていました。『お前らが走ってるから、おかしゅうて笑いかけたわ』と、籠もっていた父親にいわれたこともあります」

永照さんも僧侶になるのが嬉しかったわけではないという。

「ただ、修二会だけは、嫌やと思ったことはないですね。籠もる僧たちを練行衆といいますが、その背中に憧れました。ああいう男になりたいと思いましたね。声明や所作には修二会の本質的なものがあると、だんだん思うようになりました」

永照さんはこれまでに二十回、海雲さんだと二十九回、修二会に参籠（さんろう）してきた。修二会抜きに、東大寺は語れない。

「奈良散歩」の一九八四年三月、いよいよ司馬さんは修二会の取材に入っていく。須田さんは司馬さんをぐいぐい引っ張り、案内し始めた。

〈須田さんは、ハブでも呑みこんだように気が強くなっていた〉

画伯の荒い鼻息が聞こえてくる。

鍾馗さんと鐘

　作家の井上靖さん（一九〇七〜九一）は司馬さんの大先輩だが、共通点も多い。二人とも大阪の新聞社勤めを経て作家となった。

テーマも近く、井上さんが『敦煌』『おろしや国酔夢譚』を書けば、司馬さんは『菜の花の沖』『韃靼疾風録』を残している。東アジア、とりわけ西域に強い関心を持ち、中国を一緒に旅した。井上さんが亡くなる直前に対談をし、井上さんの葬儀では司馬さんが葬儀委員長を務めている。

　井上さんも東大寺の修二会（お水取り）には深い関心を寄せた。

〈私は学生時代を京都で過し、そのあとは大阪の新聞社に勤めていたので、奈良のお水取りの名は私には親しいものであった〉

と、「お水取り・讃」に書いている。『東大寺お水取り　二月堂修二会の記録と研究』（小学館）に収録された文章で、

〈お水取りだから寒いはずだとか、お水取りが近いから寒くなるだろうとか、そのよう

な言い方がされた〉

と続く。修二会は春を呼ぶ行法であり、風物詩でもある。

井上さんは六十七歳の七五（昭和五十）年から、本格的に東大寺二月堂に上るようになった。

〈私は五十年の時以来、いつも礼堂の正面に坐らせて貰い、正坐したまま眼をつむっている。そしてそうしている時、先ず感じられるのは、自分が歴史の中に身を置いているという思いである〉

眼をあけると、堂内の風景が廻り燈籠のように見えることがあった。

〝廻り燈籠〟には籠もる僧たちが映る。ゆったりした動作は、ときに激しいテンポとなり、僧たちは走り、板に体を打ちつけ、唱え続ける。

〈ナムカン、ナムカン、僧たちの口からは〝南無観自在菩薩〟が略されて、ナムカン、ナムカンだけが飛び出している。感動は、こうした単純な短い言葉の繰返しで盛り上がってゆく〉

松明の煙の匂いが立ち込める堂内で、人々の罪を懺悔し、平和や豊作を祈願し、深夜の〝南無観コーラス〟は続く。

修二会は七五二（天平勝宝四）年に実忠という人物が始めたといわれる。二月堂を建てるなど、実務能力にすぐれた高僧だったという。この僧が始めた行法が、天平以来続き、二〇一三年で実に千二百六十二回目を迎えたことになる。

井上さんがはじめて修二会に参詣したのは一九四七（昭和二十二）年だが、その三年後に司馬さんは修二会を友人たちと訪ねている。司馬さんはまだ二十六歳だった。

〈私が東大寺を訪ねたころは、世が荒れていて、修二会といっても、講中の信心ぶかい老人が堂内に入って格子のむこうの行法を拝観している程度だった〉（「奈良散歩」以下同）

このとき司馬さんは忘れられない体験をしている。一日の行が終わると、練行衆（十一人の籠もる僧）はいっせいに二月堂の階段を駆け下りる決まりになっているが、その際、

「チョウズ（手水）、チョウズ」

といいつつ、走り去る。

天平の昔、一日の行が終わったあと、無人の堂内で天狗がいたずらをすることがあった。僧たちのまねをして遊ぶらしい。修二会は堂内で火を使うことが多い行法だから、

「ああいう連中に火をもてあそばれては、お堂が燃えてしまう」

と、実忠は慮ったようだ。

〈われわれの行法はおわったのではないぞ、ちょっと厠（手水）へゆくだけだ〉

ということで、「チョウズ、チョウズ」と叫ぶ。これで騙される天狗も天狗だが、今

も昔も「チョウズ」は人気の場面になっている。

若き司馬さんが訪ねたときも、この場面を待ち構える十数人の野次馬がいて、四、五人はフラッシュのついたカメラを持っていた。

さらに、別に雰囲気の違う白髪の紳士が超然としていた。

「あのひとだよ、入江泰吉さんは」

と、仲間のひとりがささやいた。

生涯、大和路を愛した写真家の入江泰吉さん（一九〇五～九二）はすでに高名だった。

やがて練行衆がやってくる。

駆け下りるまでは十数秒しかない。そのとき野次馬たちが、入江さんの視界をふさいだ。フラッシュが焚かれ、先導する童子の松明も色褪せた。

〈その瞬間、紳士の典型のような入江さんが、仁王立ちになって、

「あっちへ行けっ」

と、叫んだ。アマチュアたちがキナ粉のように散った〉

その後、司馬さんは近鉄電車に乗るため、登大路を下っていた。京都の新聞記者の仲間たちと一緒で、このとき年長の一人が司馬さんにいったという。

「ぼうずはつまらんなあ。千年以上もおなじことをしていて」

このころの流行歌「青い山脈」に、

「古い上衣(うわぎ)よさようなら」

という歌詞もあった。古いものはつまらないものと決めつけられた時代でもあった。

しかし、司馬さんは思った。

〈様(さま)変ることが常の世の中にあって、千年以上も変ることがないということが一つでもあったほうが――むしろそういうものがなければ――この世に重心というものがなくなり、ひとびとはわけもなく不安になるのではあるまいか〉

さらには、

「様式(スタイル)の新奇さだけを追うことが、何になるのだろう」

といいたかったという。

◇　◇

司馬さんが「奈良散歩」の取材をしたのは一九八四（昭和五十九）年三月。奈良は冷えきっていた。司馬さんは、

「あま酒でも、飲みますか」

と、須田剋太さんを三月堂の目の前にある「下(しも)ノ茶屋」に誘った。

司馬さんは同行の長谷忠彦カメラマンに茶屋の屋根の上を指さし、

「望遠ならみえるでしょう」

と、いった。望遠を覗(のぞ)き込んでいた長谷カメラマンがいった。

「あ、鍾馗（しょうき）さん」

屋根の上には、中国の道教の神、鍾馗の瓦焼きの小さな像があった。

〈私はこの鍾馗については、昭和二十四年だったか、上司海雲氏から教えられた。鍾馗は、道教の神だから、仏教寺院にあるのはめずらしいといえるのではないか〉

いまは下ノ茶屋はなく、「絵馬堂茶屋」となっている。屋根の上の鍾馗さんもいない。絵馬堂茶屋に聞くと、『街道をゆく』のファンが訪れると、だいたい鍾馗さんの話になるという。

「建て替えるときに、どこかに持っていったのか、どうなったのか、わかる人がいないんですよ」

もっとも東大寺界隈には、別の鍾馗さんが屋根の上にいる。

「二月堂の湯屋のすぐ近くのお宅の屋根に、今も鍾馗さんがいますよ」

と、東大寺で聞いた。

探すとすぐに発見できた。

屋根の上にちんまりと明るい赤茶色の素焼きの鍾馗さんがのっている。この家のご主人、川邉（かわべ）嘉一（よしかず）さんに尋ねてみたところ、百年以上前からこの屋根の上にあるという。

「ここら辺の商売をやっている家の屋根には鍾馗があったと聞いてますね。このあたりの屋根に鬼瓦があるでしょ、それをにらみ返してるんだというわれがあるみたいです」

修二会の伝統を守り続けているのは東大寺の僧だけではない。

〈まちのひとや、奈良女子大の教授や学生たちの多くも、大なり小なりの外護者で、すくなくとも東大寺のたたずまいが永遠にいまのようであることをねがっている〉

入江泰吉さん、須田剋太さん、井上靖さん、司馬さんも外護者だろう。川邉さんもその一人で、「大鐘家さん」と呼ばれる。川邉さんの家は代々、毎晩八時、境内にある国宝の大鐘をずっと撞いてきた。川邉さんは六代目である。

鐘が鋳造されたのは大仏開眼と修二会が始まったのと同じ七五二年。

「聖武天皇が聞いたのと同じ音を、今も聞けているわけですわ」

毎晩鐘を撞くため、家族旅行などもできない。

「生まれたときからそれが当たり前の生活ですからね。私が病気のときは、嫁や娘が撞くこともあります」

修二会の鐘は夜七時と深夜一時に鳴らされる。

十二月中旬のある日の午後八時。静かで暗い東大寺の境内を歩いていると、鐘の音が響いた。今日も川邉さんは働いている。十八回撞かれて鐘は終わった。

「子どものころ、『大鐘家さんの鐘が、ゴーン鳴ったから寝ぇや』と、親に言われましたね」

と、ある東大寺の僧侶がいっていたことを思い出した。

青衣の女人

『街道をゆく』の連載は二十五年続いたが、その間の担当者は五人。一九八四（昭和五十九）年三月の「奈良散歩」の担当者は藤谷宏樹さんで、三代目になる。いつも飄々としている人だが、当時もそうだったようだ。

〈ところで、編集部の藤谷宏樹氏は、若く見える。二月堂の石段をのぼって内陣近くまで行ったらしいが、やがてもどってきて、どなられましたよ、と苦笑した〉（「奈良散歩」以下同）

怒ったのは僧侶ではない。

「あ、あの人です」

と、藤谷さんがいった。

「あれは、奈良ホテルの南さんじゃないか」

と、司馬さんは噴きだした。

定宿にしていた奈良ホテルの「ぬし」と司馬さんは書く。南正時さんはマナーのいい

慇懃なホテルマンだが、私服だと変身し、

〈奈良を守る老志士のようになる〉

とくに修二会（お水取り）の期間は気が立つようで、無給の僧兵のような気分で、外来者をたしなめていたらしい。藤谷さんは「奈良散歩」時代の司馬さんを振り返っていう。

「司馬さんはこの旅の後にアメリカに行き、翌年に『アメリカ素描』を書いている。そこで繰り返し、文明と文化の話をするでしょ。誰もが参加できるのが文明だとして、それはアメリカに代表される。しかし移ろわない文化も大切なもので、それが東大寺のお水取りに代表される。おそらく奈良を取材中、そのことをずっと考えていたと思うな」

人間の暮らしには「文明」と「文化」が重なり合っている。「文明」が合理的だとすれば、「文化」は非合理ではある。

〈それに堪えて、不断にくりかえすというところに、他とちがった光が出てくるともいえる〉

「文化」はたしかに非合理かもしれない。東大寺の上司永照さん（五〇）はいう。

「修二会は好きなんですけど、私は朝型なんですよ。一年中まだ星空のころに起きるタイプで、夜は遅くとも十一時には寝たい。そんな男が朝は八、九時まで寝てなくてはならず、普段だと『さあ寝よか』というときから行法は佳境に入ります」

修二会のあいだ、十一人の練行衆の正式な食事は一日一回となる。

「十二時に始まってだいたい五十分ぐらいです。食前の祈りもあるので、食べる時間は十分ほど。残ったご飯を紙に包み、鳥のえさとして食堂の向かいの屋根に放り投げる（生飯(さば)投げ）。それからは、水を飲むこともできません」

日中の勤行(ごんぎょう)をすませ、入浴し、仮眠を取り、夕方に目覚める。

松明が二月堂に上るのは午後七時。三月一日から十四日まで、毎日の行法は細かく決められている。

「早い日で午前一時ぐらい、遅い日だと午前四時ぐらいまで続きます。『手水、手水』といって二月堂を下りてきて、ようやく断食が解け、お粥(かゆ)を食べて眠ります」

着物は「紙衣(かみこ)」と呼ばれる。楮(こうぞ)の皮ですいた厚手の和紙「仙花紙(せんかし)」を反物(たんもの)にして、表面に寒天の汁を塗っている。

「裏に布も貼ってますから、なかなか暖かい。紙衣はだいたい四十枚は用意します。走ると暑いぐらいで、汗をかきますね。そのあとじっとしていると急速に寒くなる」

練行衆が何をしているかは、聴聞する人々にはなかなか見えない。

ただし、練行衆が走りの行法を始めると、内陣と外陣をさえぎる戸張(とちょう)がするすると巻き上げられる。

『東大寺お水取り』（小学館）には、その場面が書かれている。

〈和上（わじょう）が「南無最上」と観音さんの徳を讃（たた）えると、一周しながら次々に「南無最上」をとなえる。内陣のすべての燈明（とうみょう）がともされる。練行衆が走ると、炎がゆれて、ひじょうに美しい〉

　このとき、外陣に僧が出てきて、用意された五体板に足を打ちつける（五体投地）。

「新入りのときに、足を痛めたことがあります。はじめは謙虚でも、だんだん大きな音出したろかと思うわけです。普通はふくらはぎ辺りを当てるんですが、勢いがつき、膝を当ててしまった。運の悪いことに十二日でした。この日は重要な『お水取り』の儀式がある日で、終わるのもかなり遅い。下堂すると、内出血で足の甲の辺りは真っ黒でした」

　修二会は「火と水の行」ともいわれる。十二、十三、十四日に行われる「達陀（だったん）」がハイライトだろう。『東大寺お水取り』に、

〈この法会の諸行事の中で、最も華麗、かつ躍動的な行事である〉

とある。

　このときも戸張が巻き上げられる。八天（八人の僧）のうち、松明を持つのが「火天」で、洒水器（しゃすいき）を持つのが「水天」。貝や鈴、錫杖（しゃくじょう）の音が響き、炎と煙が立ち込めるなか、「火」と「水」のせめぎ合いが始まる。

〈十回ほどの跳躍の後、火天は松明を引きずって内陣を一周しては、また正面に来る。

内陣は炎に染まり礼堂は熱気に包まれる〉

インド起源とも、イラン起源ともいわれる謎の儀式で、修二会は国際性にも富んでいる。

上司さんはしみじみいう。

「新入りのときから『ようできてるなあ』と思いましたね。だんだん声明が身体に入ってくる。無我夢中で過ごした一日が、終わりのころには懐かしく思えるほどです。一日の最後に、『晨朝(じんじょう)の勤行』があります。一日もこれで終わりだと思うと、自然と声を張り上げたくなるし、楽しい。これが十四日の最後の『晨朝の勤行』になると、長調が短調に変わります。声の調子に泣きが入り、名残の晨朝といいます」

修二会の行法はまだまだ語りきれないが、ひとつ書き忘れた。これを忘れては、「青(しょう)衣(え)の女人(にょにん)」が出てきて怒られる。

五日と十二日に、「過去帳」が読み上げられる。東大寺の創建、再建、運営などに尽力した人々の名が読まれていく。最初は聖武天皇（過去帳では皇帝）で、その皇后の光明皇后、近鉄奈良駅前に銅像がある僧の行基(ぎょうき)、初代別当（責任者）の良弁(ろうべん)、空海、源頼朝……。歴史的な人物だけでなく、大工さんや鋳物(いもの)師の名前もあるが、とりわけ源頼朝から十八人目に奇妙な人物がいる。

〈青衣ノ女人

と、よむ。これは、女人の亡霊である。名はわからない〉（「奈良散歩」以下同）

鎌倉のころに、集慶（じゅうけい）という東大寺僧がいたという。集慶が過去帳を読み、頼朝をすぎてしばらくして、青い衣を着た女人が現れた。

「など我をば過去帳にはよみおとしたるぞ」

集慶がとっさに「青衣の女人」と読むと、女の姿は消えたという。

「奈良散歩」にも登場する守屋弘斎長老に話を聞いた。

「司馬先生は単刀直入な方で、聞きたいことをずばりとお聞きになる。須田剋太さんも懐かしいな。ちょいちょい来られる人は多いけど、須田さんのように長持ちして来られる人はなかなかいませんね」

守屋さんは、須田さんが敬愛した上司海雲さん（観音院さん）に可愛がられた。

「小僧のときから可愛がってくれました。私の声明を聞きに来てくれた、観音院さんの下駄の音が忘れられません」

守屋さんに過去帳の読み方を教わった人は多い。

「過去帳は上手に読むのではなく、関係する人への供養の心をこめて読みます。そうすると、歴史上の人物が次々と現れ、歴史の上に乗っている感じがします。ただ、青衣の女人は亡霊ではないと思いますよ。僧侶が何もかも忘れて、一生懸命読んでいる境地で現れた幻影でしょうか」

守屋さんも〝幻影〟を見たことがあるようだ。

「まだ若いころに、一心不乱に勤めていると、聴聞の方が詰める局から、女性の二の腕が見える。闇の中で、白く、私をひらひら呼ぶようなんです。びっくりして、あとで観音院さんに話すと、にやりと笑って、『そらおまえ、青衣の女人ちゃうか』」

司馬さんは取材のとき、過去帳を読み上げるくだりになると、息を詰めるようにして「青衣の女人」が読み上げられるのを待った。

〈その名をきいたとき、現前にあおあおとした女官装束の女人があらわれたような気がした〉

「奈良散歩」のクライマックスである。当方も負けずに、息を詰めてその瞬間を待った。しかし、リズムの利いた僧の声につられ、いつのまにかスヤスヤ……。

当たり前だが、やっぱり司馬遼太郎にはなれない。

余談の余談❸

思考と試行を重ねた『街道』

山形眞功

「日本人にとっての奈良」と題して、山崎正和氏と司馬さんが対談をしている。『街道をゆく』の「奈良散歩」が「週刊朝日」に連載される少し前に、「新潮45＋(プラス)」昭和五十九（一九八四）年三月号に掲載された。

この対談で「半奈良県人」と自らいう司馬さんは、奈良県人に寄せられるイメージをいくつかあげつつも、奈良を書くことの難しさを語っている。

『街道をゆく』では竹内(たけのうち)街道など奈良周辺について書かれているが、中心部には触れていないと、山崎氏はまず指摘する。奈良市内に三泊もして取材したつもりだったが、ついに書けなかった、と司馬さん。

「面白くなかったということですか」との山崎氏の問いに、司馬さんの答え。

「いやいや、むしろ面白過ぎるほどなんです。しかし、いくら取材を進めても、奈良というものの正体がもうひとつわからない。……」

「奈良散歩八　雑司(ぞうし)町界隈」に、似たような記述がある。こちらでは、旧奈良市街を外して周辺を歩いたが、「しかし、結局、書くほどの感興がおこらなかった」。

これらの司馬さんの発言や文章を読んでゆくと、ひとつの『街道をゆく』を書くことに、司馬さんがどれだけ時間をかけて思考と試行を重ねてきたか、見えてくる思いがする。とても「散歩」どころではない。

多武峯(とうのみね)から興福寺、東大寺二月堂お水取り(修二会(しゅにえ))にいたる、奈良の変わらざるもの、この美と、支えてきた人びとの連なりが記される「奈良散歩」。

昭和二十年八月に太平洋戦争が終わってほどなく、司馬さんは奈良に出かけ、「天平の創建以来の建物」、東大寺転害門(てがいもん)前に佇(たたず)んだ。

「この門がまだ残っていたのかと、私は感動しました」(対談「日本人にとっての奈良」)。

司馬さんの「奈良散歩」は、その時、その場から始まっていたのかもしれない。

近江の魅力「湖西のみち」「近江散歩」の世界

近江路に残る戦国武将の野心

週刊朝日に連載した第一回の『街道をゆく』は「湖西のみち」（一九七一年）。司馬さんは出発前、京都の人にいわれた。

「湖西はさびしおすえ」

当時は国鉄の「ディスカバー・ジャパン」（一九七〇年）ブームで、萩や津和野、倉敷などがにぎわっていた。しかし、「湖西のみち」まで訪ねる〝通〟はそうはいない。

司馬さんの望むところである。

北小松、安曇川（あど）、朽木（くつき）街道、興聖寺（こうしょう）……。寂しくも美しい風景は、須田画伯の心も捉えたにちがいない。その後、さまざまな『街道』を歩き、一九八三（昭和五十八）年冬、司馬さんは提案した。

「もう一度、近江にゆきましょう」

須田画伯は小首をかしげた。

〈が、押しきってしまった。私はどうにも近江が好きである〉（「近江散歩」『街道をゆく24近江散歩、奈良散歩』）

人も好きだったようだ。

歴史的に有名な近江人は頭がいいわりに、損な役割をになう。信長に挑んだ浅井長政もいれば、家康に挑んだ石田三成もいる。

当時の川口信行編集長は取材に同行し、話を聞いたのだろう。編集後記に書いている。

「近江が、がぜん違った距離感覚で見えてき始め、何度もこの地を駆けめぐった信長ら戦国武将たちの野心が伝わってくるような気がした」

ちなみに当時の週刊朝日の連載執筆陣をみると、司馬さんのほか、松本清張、池波正太郎、城山三郎、黒岩重吾、野坂昭如……。

戦国武将さながらにビッグネームがしのぎを削っていたのである。

朽木家のプライド

『街道をゆく』の記念すべき第一回は、週刊朝日の一九七一（昭和四十六）年一月一日号に掲載された。司馬さんは琵琶湖の西岸の街道を歩いている。冒頭の文章はあまりにも有名だろう。

〈「近江」

というこのあわあわとした国名を口ずさむだけでもう、私には詩がはじまっているほど、この国が好きである〉（「湖西のみち」『街道をゆく1湖西のみち、甲州街道、長州路ほか』以下同）

もっとも古の奈良人のように、司馬さんがテクテク歩くわけではない。

〈私は不幸にして自動車の走る時代にうまれた。が、気分だけはことさらにそのころの大和人の距離感覚を心象のなかに押しこんで、湖西の道を歩いてみたい〉

取材に出たのは一九七〇（昭和四十五）年十二月初旬。東大阪の自宅を出て、琵琶湖西岸を回り、湖岸から約二〇キロ入る朽木谷を訪ね、夜には神戸に到着した。

半日あまりの強行軍で、夫人のみどりさんは『司馬さんは夢の中1』（中公文庫）で、そんな時代の司馬さんについて書いている。

〈司馬さん、よくやったよね、そんなに、いらいらしている様子も見せずに普通に喋って、普通に食べて、普通に散歩して、普通に来客の応待もしていたもの。この年だけでなく、そんな日々が何年も続いていた〉

『坂の上の雲』が佳境に入り、『花神』『覇王の家』も連載していた。週刊朝日は『世に棲む日日』の連載が終わったばかりで、当時の編集部の幹部から粘られた。

「なんでもいいから書いてくれと、もうしつこくてね、たしかスネークがあだ名だったな」

と、司馬さんが苦笑していたことがある。まさかそれが二十五年の長期連載になるとは、司馬さんもみどりさんも、そして〝スネーク〟さんも夢にも思わなかっただろう。

〈どうも、司馬さんというひとは、私の思っている筋書き通りにはゆかないのよ、ね。だから、おもしろいんだけど〉

と、みどりさんはつぶやく。

筋書きのない司馬さんの旅をたどると、近江路には四十二年前と同じく粉雪が舞っていた。

◇　◇

司馬さんがまず訪ねたのは湖西の小松（現・大津市）という小さな漁港だった。ここで、小松の漁師に話を聞いている。戦前は三十八ハイもあった所属の舟が減り、

〈「それがあんた」

憎むような目差しで私をみて、

「五ハイになってしもうた」といった〉

話は近世へとタイムスリップする。小松近くの堅田は近江水軍（湖賊）の一大根拠地で、小松も水軍に属していたという。

〈織田信長は早くからこの琵琶湖水軍をその傘下に入れ、秀吉は朝鮮ノ陣に船舶兵として徴用し、かれらに玄界灘をわたらせた〉

さらには集落の溝の石組みを見て、近江の基礎をつくった朝鮮渡来の人々にも思いをはせる。

〈その石組みの技術はどこからきたのであろう。そのかぎは、新羅神社や韓崎、和邇、楽浪といった地名のなかにかくされていることは、ごく自然な想像といえる〉

ひなびた港を見ただけで、司馬さんの思索は、古代、近世、現代を自由に行き来していく。

〈街道はなるほど空間的存在ではあるが、しかしひるがえって考えれば、それは決定的に時間的存在であって、私の乗っている車は、過去というぼう大な時間の世界へ旅立っ

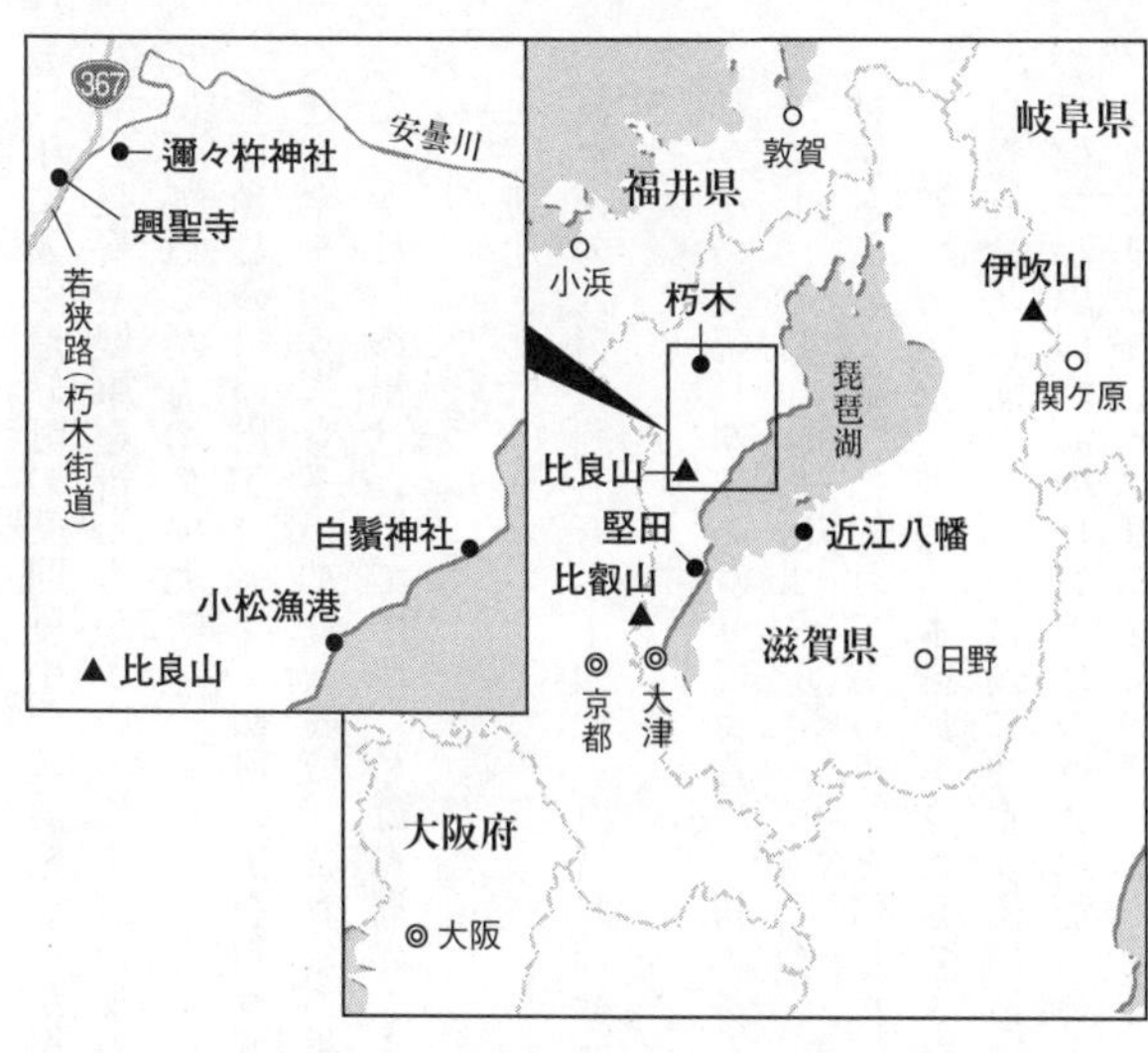

ているのである〉

小松漁港の北東四キロにある白鬚神社も訪ねた。

近江最古の神社で、比良山系を西に背負い、国道をはさんだ眼前に琵琶湖が広がる。代々神社を守ってきた梅辻春樹さん（六五）がいう。

「私で十三代目で、先祖がここへ来たのは江戸時代だと聞いています。赤穂浪士が討ち入りした元禄十五（一七〇二）年ですわ」

白鬚神社は湖岸から五八メートルの湖面に浮かぶ赤い鳥居で知られる。

「室町時代の近江名所の屏風絵に、湖中に赤い鳥居があります。その後なくなったようで、先祖が見ていた記録はありません。それを昭和十二（一九三七）年に大阪道修町の薬問屋小西久兵衛さんが復興した。白鬚の神さんを祀っているでしょ、長寿や健康を祈る方が多いんです。いまの鳥居はさらに昭和五十六（一九八一）年に建て直したものですね」

鳥居越しの日の出が有名で、初日の出を狙うドライバーで毎年国道は大混雑になる。交通安全を願う人も多い神社なので、これはあまり望ましい話ではない。

「たしかに日の出はいいですが、私は鳥居のシルエットがきれいな秋の夕暮れが好きですね」

と、梅辻さんはいう。

高島市の人口は約五万三千人で、滋賀県神社庁高島支部内には百三十三社の神社があるそうだ。

「私がその支部長を務めさせてもらい、朽木さんが副支部長です。年も近いので仲もえですよ。ご紹介しましょうか」

神主さんの「輪」に入れてもらうことにした。旧朽木村（現・高島市朽木）の宮司、朽木清綱さん（六三）は朽木を長く支配してきた朽木一族の末裔になる。

白鬚神社から北上し、琵琶湖に注ぐ安曇川沿いの道をすすむと、風景が一変する。かつて信長が絶体絶命のピンチに逃げ込んだ「朽木街道」はすっかり雪景色だった。

旧朽木村に着くと、清綱さんが迎えてくれた。

「冬に一メートルぐらい降っても大したことはありません。朽木の奥にある針畑地区へ行くと、三メートルにもなる。まあ雪国です、ここは」

朽木氏は佐々木源氏の流れで、初代は鎌倉時代の人になる。

「私が朽木本家の二十九代目になります。祖父の代から村内十六社の神社の宮司を務めていて、それぞれにお祭りや行事があって忙しい。しかし土地の人は朽木さんにやってもらいたいと、うれしいことをいってくれます」

清綱さんは穏やかなお人柄のようだが、朽木家の歴史はハードボイルドだった。十三世紀末から十七世紀初頭まで戦乱の連続で、『朽木村史』は書いている。

「記録に残るものだけでも三百三十年間に五十五回の合戦に出兵しており、（略）実際にはこの数字の何倍もの軍事行動があったのではないか」

〝山岳ゲリラ〟のような存在だったのかもしれない。その力を頼み、戦乱を避けるために、足利将軍家がしばしば朽木に逃げてきている。

十二代将軍の足利義晴、十三代の義輝も朽木に滞在したことがある。

「かなりの長滞在でしたから、朽木幕府といわれた時期もあったそうですね」

と、清綱さんはいう。

朽木氏は名前に「綱」がつく。

歴代の中で、スーパースターといえば十六代の元綱（一五四九〜一六三二）だろう。

幼くして家督を継ぎ、信長、秀吉、家康の時代をくぐり抜け、八十四歳まで長命した。元綱は賭ける「目」を誤らない。

織田信長が朝倉、浅井の挟み撃ちにあったとき（一五七〇年）、逃走ルートとなったのが「朽木越え」。手勢もほとんどいなかった信長を殺すこともできたが、元綱は手厚く保護し、その後は臣従した。

その後の秀吉にも抜け目なく仕えたが、関ケ原の合戦では土壇場で徳川家康を選ぶ。

「最初は西軍で、戦の最中に東軍に加わった。まあ裏切りですね。その後の大坂冬の陣、夏の陣も元綱が指揮しています」

元綱は三人の息子をそれぞれ独立させ、そこから六家に分家した朽木家は、すべて幕末まで旗本や大名となって続いた。朽木本家には一八六八（慶応四）年、二十六代目の之綱に対して四千四百七十石の所領を認めた証紙が残っている。

「一時はその倍以上の大名格の石高をもらっていましたが、最後はこの程度です。之綱は私の曽祖父で、最後の殿さんですわ。明治になって二十年ほど京都に暮らし、無一文のような形で朽木へ戻ってきています」

それでも村人は旧主を温かく迎え入れた。二十七代目から神主になり、現在に至る。

「続けて『居る』いうことが歴史にとっては大事なことやと思っております。これだけ同じ地にずっと住み続けているのは、朽木家と島津家だけやという話も聞いたことがありますね」
清綱さんの目がきらりと光る。島津に一歩もひけをとらないプライドを感じた。

雑煮と干支

『街道をゆく』の取材は、正月にかかることが多かった。空港や新大阪駅に向かう車のなかで、

「お雑煮はどんなお雑煮ですか」

と聞くと、まず司馬さんが、

「醬油仕立ての澄まし雑煮だね」

という。母方の故郷、奈良の當麻町竹内（現・葛城市）の味で、餅、大根、にんじん、里芋、焼き豆腐が入る。しかし、みどり夫人がいった。

「私は元旦と三日は白味噌で、二日が水菜の澄まし雑煮ね」

こちらは京都高雄の味で、白味噌には餅のほかに大根とにんじん、二日の澄ましは餅と水菜だけだという。

「え？　お雑煮が違うんですか。別々に作るんですか」

と、聞くと司馬夫妻、ただ笑うだけだった。お互いに静かに敵意を燃やしていた感じ

があり、フシギな夫婦だとあらためて思った記憶がある。

みどりさんの『司馬さんは夢の中3』によれば、みどりさんは奈良風のお雑煮になじめず、司馬さんも負けてはいなかった。

〈ひえーっ、白味噌。そんな甘ったるい雑煮が、よく食えるな。

ひやあーっ、水菜だけか。それ、あんまりだよ。不味そうだな。

喧嘩ヲ売ッテイル餓鬼大将ノヨウデシタ〉（『司馬さんは夢の中3』以下同）

雑煮バトルはさておき、旅をして正月を過ごすこともあれば、京都で新年を過ごすこともあった。

司馬さんは若き新聞記者時代、京都で六年の日々を送っている。

〈この六年間の経験が新聞記者としての原点であり、考えようによっては、作家としての原点でもあったといえるだろう〉

と、みどりさんは書く。

一九六七（昭和四十二）年から七八年まで、十二年連続で正月は京都に滞在している。訪ねてくる友人には、中央公論社社長の嶋中鵬二さんもいた。

「だって、司馬先生に正月にお目にかかると縁起がいいからね」

と嶋中さんがいい、

「あんなことばかりいってるけど、僕は神社じゃないよ」

と、司馬さんが返し、一同噴き出した記憶もある。

◇　◇

一九八四（昭和五十九）年に書かれた「近江散歩」にも、京都での正月の話が出てくる。

〈四、五年前までは、正月を京都ですごすのが癖になっていた。京都に宿をとって、近江に出かける。中毒のようだった〉（「近江散歩」以下同）

滋賀県神崎郡の五個荘町（現・東近江市）を歩き、金堂という集落の瀟洒さに感心したこともある。壮大な大屋敷ばかりだが、成り金趣味のかけらもなく、それぞれ好もしい個性があったという。

〈たがいに他に対してひかえ目で、しかも微妙に瀟洒な建物をたてるというあたり、施主・大工をふくめた近江という地の文化の土壌のふかさに感じ入ったのである〉

知的で武略に富んだ戦国武将、蒲生氏郷の故郷、蒲生郡日野町も歩いた。大正時代にまぎれこんだような町並みを歩いているうちに、馬見岡綿向神社にたどりついた。

〈やがて家並のあいだに、大きな鳥居があった。くぐると、境内の結構や社殿がふしぎなほどに品がよかった。境内に林泉があり、ひとめぐりして鳥居を出た〉

そのときに話を聞いた若い神職が、いまは宮司となっている。社信之さん（五八）はいう。

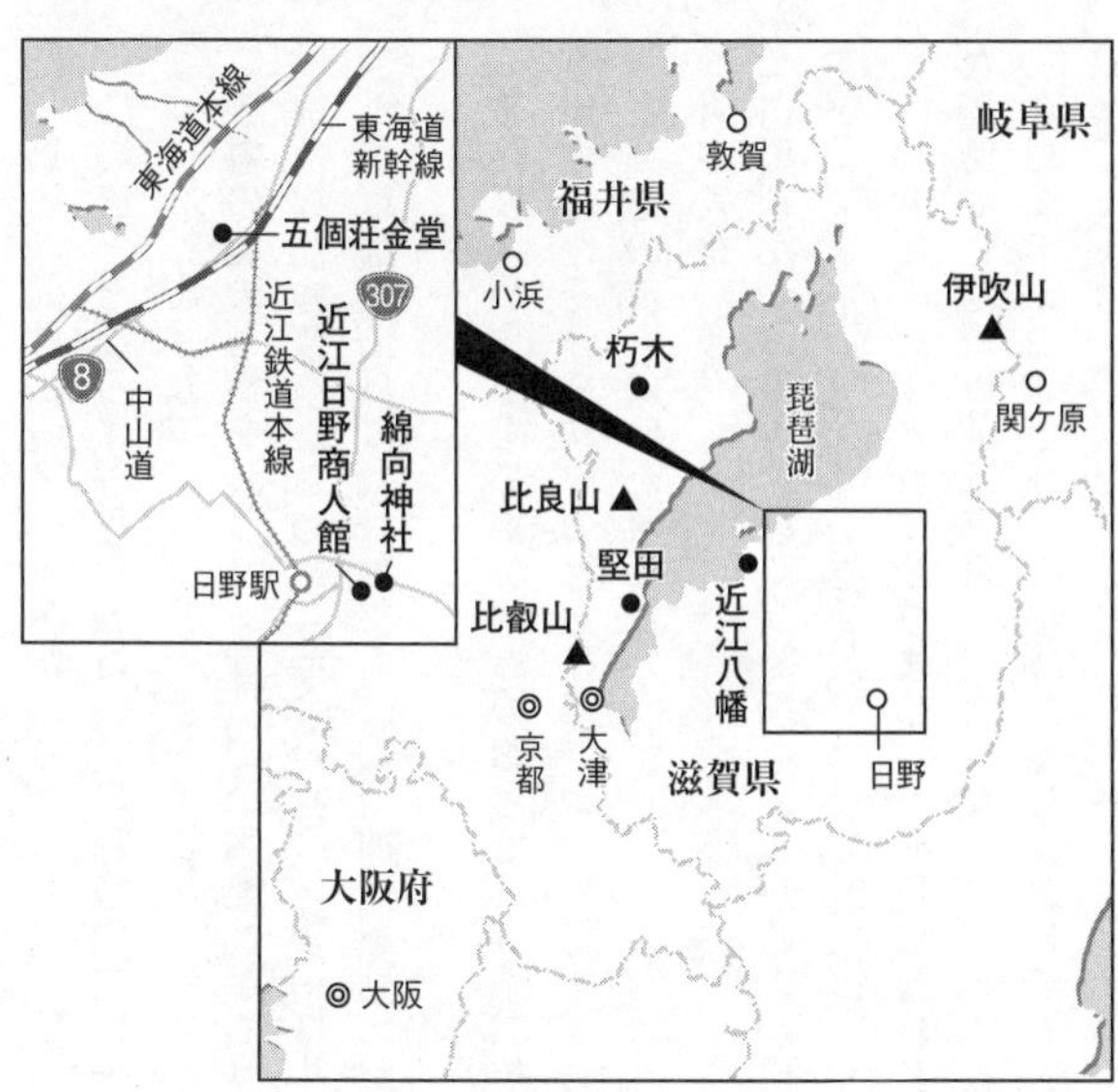

「司馬さんは名乗られませんでしたが、あとで『週刊朝日』を読んで知りました。おかっぱ頭のような感じで、白髪が多うございました」

神社の始まりは五四五年で、「大化の改新」の百年前ということになる。社さんは今の社家の二十四代目で、日野町でたった一人の神職だ。

「ここは神職の過疎地帯なんです(笑)。五十四社ある神社のうち、三十三社を一人で受け持っています。決まった祭りだけでも年間で二百数十回あり、風邪もひけません」

社さんに神社を案内してもらっ

た。鳥居の前は広いスペースがある。

「この広いところに、毎年五月の『日野祭』では十六基の曳山（山車）がずらりと並びます。壮観ですよ」

広場の奥の石橋を渡ると、「拝殿」「本殿」があり、猪の像があった。

猪は神社の鎮座にまつわる神獣だという。「近江散歩」にも猪の話が出てくる。司馬さんが京都の正月に会った友人に綿向神社を勧めたところ、友人が猪の絵馬を買ってきた。

「ご存じなかったんですか。あのお宮では、十二年に一度、イノシシ年にだけこの絵馬を出すのだそうです。ことしはイノシシ年ですから」

と、その友人にいわれたという。

社さんはいう。

「司馬さんがお書きになり、絵馬を欲しがる人が増えました。毎年出したらもっと出ますが、『十二年に一度』ときちっと書かれたので、そうもいきません（笑）。像は亥年の二〇〇七年の前年暮れに造りました。元日にＮＨＫの七時の全国ニュースで流れ、大変な反響でした。以前は二百～三百枚なのに、二千枚も出ましたね」

次の亥年（二〇一九年）が待ち遠しい感じでもある。

「『拝殿』は、椀や薬の行商で財を成した中井源左衛門（江戸中期）の一建立です。やはりこの神社を維持してきたのは、一時代を築いた日野商人の力が大きいですね」

と、社さんはいう。

日野の中井家は『歴史を紀行する』の「近江商人を創った血の秘密」という章でも紹介されている。

〈日野で成立した大商家中井家の商法にあっては記帳も複式簿記の水準に達していたそうである。こういう商業的先進性は、いったいどこからうまれたのか〉

社さんは満田良順（みつだりょうじゅん）さん（六六）を紹介してくれた。綿向神社の近くにある「近江日野商人館」の館長を務めている。

「日野商人はお椀の行商から、利益の大きい薬の製造販売、次に酒や味噌などの醸造業と手を広げていきます。店も京や大坂、江戸は避け、今ならば群馬や栃木、埼玉あたりに出します。江戸時代を通じて、江戸近郊で日野商人の店が千店舗以上ありました。隣の近江八幡（おうみはちまん）の八幡商人が、都市部に大きな店を一店舗だけつくる百貨店経営とすれば、日野商人はコンビニ経営ですね」

日本経済の先駆者となった近江商人だが、日野商人、八幡商人、五個荘商人、高島商人といろいろある。なかでも日野商人と八幡商人はライバルだった。

「『八幡表に日野裏』という言葉があります。八幡商人は道から見える玄関先などにお金をかけ、日野商人は見えない奥座敷の襖（ふすま）の取っ手の部分を七宝焼にしたりします」

と、満田さんはいう。

日野商人の最大の特徴は組合だろう。「日野大当番仲間」という組合をつくっている。お椀や薬、酒、味噌のほか、金融業、飛脚など他業種も含む組合で、最大の利点は「ネットワーク」だった。

街道の宿場町に指定旅館をもうけ、看板に「日野商人定宿」と掲げさせた。江州日野商人は信用があり、宿の「格」ともなった。

「いわばミシュランの星です。さらにその宿が物流の拠点にもなりました。宿や商店をフランチャイズ化し、薬の販売などもさせる。いまの日本経済の源流にあたる要素がたくさんありますね」

関東で亭主が働き、女房が家を守るというスタイルが多かった。

「丁稚(でっち)の教育は女房がやり、『三名欲しい』といわれると、関東に送っています。現地採用はほとんどありません。近江商人の伝統を守る教育システムもありました」

このシステムは昭和になっても生き続けたようだ。

「昭和四十年代までは、日野中学の卒業生の三分の一は関東の店に勤めていました。三年の担任の先生が関東の企業回りをする時代がありましたね」

満田さんは元々は中学の社会科教師で、日野中学の校長を務めて定年退職した。最後にいっていた。

「日野商人の記録は調べれば調べるほどおもしろい。大企業の社長になった商人はいないので学者もあまり研究しませんが、日本の経済を支えた人々の歴史がたしかにあります」

◇　◇

「湖西のみち」で『街道をゆく』をスタートして十四年目、ふたたび司馬さんは軽快に近江路を歩いていく。

〈近江路は春がいい。しかし車窓から見る湖東平野は、冬こそいい〉

と、司馬さんの筆は弾んでいた。

津軽と三成

「近江散歩」には石田三成（一五六〇～一六〇〇）も登場する。豊臣秀吉の側近で、近江佐和山（現・彦根市）の城主となる。

豊臣政権のかじ取りを任せられ、のちの江戸幕府が踏襲した経済政策をリードした。近世への道を開いた政治家でもあった。

しかし気骨がありすぎたようだ。秀吉の死後、誰もが徳川家康になびく時勢に抗うように決起する。

〈かれには、打算の時代である戦国期に成人した人間としてはめずらしく理念があり、さらには義の観念がつよかった。義という徳目には、無理がともなう。（略）ふつう利害や保身の感覚からいえば為しがたいことをするのが、義である〉（「近江散歩」以下同）

約十九万石の身代ながら、約二百五十五万石の家康に挑戦、一六〇〇（慶長五）年九月十五日の関ケ原の戦いの西軍総帥となる。

〈戦いは午前八時前、濃霧のなかではじまったが、西軍がよく戦い、正午までは勝敗が決しなかった〉

三成を支える家老の島左近、盟友の大谷吉継らの奮戦で家康を慌てさせるが、大軍を擁する小早川秀秋の裏切りで敗北する。三成は降りしきる雨のなかを敗走、七日後に捕らえられ、のちに刑死した。

司馬さんの小説『関ケ原』では、三成の若すぎる正義と、家康の老獪な野心とがぶつかり合う。「近江散歩」の三年前の一九八一（昭和五十六）年、ＴＢＳで正月にドラマ化されたことがある。

石田三成を演じたのは加藤剛、家康は森繁久彌が怪演をみせる。

島左近（三船敏郎）は身のこなしが鋭く、家康の家臣本多正信（三國連太郎）は暗い顔で陰謀をめぐらし、福島正則（丹波哲郎）は尾張弁でがなり立てる。ヒロイン初芽（松坂慶子）、細川ガラシャ（栗原小巻）もそれぞれ魅力的で、ＤＶＤには付録として、司馬さん、加藤剛さん、森繁さんの鼎談もある。

「家康の天下になるのは当たり前なんですけども、それに逆らった人がいたということですね。功利主義が横行する時代に、三成には家康に天下を渡しちゃいけないという正義があった。会社の総務課長さんぐらいの人がよくまあ走り回って、あそこまでの勢力を関ケ原に持っていったもんだと思いますね」

と、司馬さんがいうと、森繁さんが軽妙に話しだす。

「愛とか正義とかいうものは煩わしいもので、家康はまるで無頓着ですね。加藤剛さんの三成の、豊臣家に対する正義なんてもんはですね、家康にすれば、うーん、まあ鼻くそみたいなことですねえ」

加藤剛さんが反論する。

「家康も感じるところはあったと思いますね。三成が死をもって示した義というものが、自分の時代を続けるためには必要だと。きちっとしたモラルが、徳川が続いたひとつの力になったんじゃないでしょうか」

しかし森繁さん、

「けんか口論と同じでね、やっぱりけんか口論しながら三分は相手の理屈が入っちゃう。家康も結構ちょうだいしたんじゃないかしらね、三成から」

まるで本当の家康がへらへら喋っているような気分になってくる。こうやって加藤清正や福島正則も籠絡されたのだろうか。もっとも司馬さんは家康の長所も語っている。

「家康はむごいことはしてないんですね。家来たちにもむごいことはほとんどせず、一度くらい裏切っても見ておくという態度があったようです。この点が、肉の厚さとしか言いようがありませんね」

家康の「肉の厚さ」は、三成の子孫への対応にも感じられる。

三成の出身地、石田町（長浜市）の「石田三成公事蹟顕彰会」の木下茂昭理事長がいう。

「三成さんの子孫とおっしゃる方は全国にいらっしゃいますが、三成さんの次男筋にあたる人が、いま青森におられますよ」

さっそく青森市に三成の子孫、杉山丕さん（七六）を訪ねた。地元のテレビ局の技術局長を経て、長く放送関連の会社社長を務めていた人だ。会ってすぐ、意外な話になった。

「いまはもっぱらパラグライダーですね」

名刺には「青森県ハング・パラグライディング連盟副理事長」とある。

五十三歳からはじめた趣味で、いまだに現役のインストラクターでもある。八甲田山や岩木山、大鰐温泉スキー場はもちろん、スイスの山々を見ながら飛んだこともある。

「二〇〇〇メートル上空を飛ぶと気持ちがいいですよ、やりませんか」

それはともかく、家系図を見せてもらった。石田三成には男三人、女三人の子がいたとされ、長男と三男は仏門に入ったが、次男は津軽弘前藩に逃れたという。

三成と津軽藩主の津軽為信（一五五〇〜一六〇八）は親しい。為信が南部から強引に独立して津軽三郡の領主となったとき、三成に秀吉にとりなしてもらったようだ。

三成の三女が為信の三男信枚に嫁いでいるほどに親しかったが、関ケ原では微妙な行動をとっている。

「恩義は三成、秀吉にあるけれど、大勢を見て自分と三男信枚は家康側についた。保険として長男は三成側につかせた。やはり両軍に分かれた信州真田家のように、どちらが勝っても家が残るようにしたようです」

と、杉山さんは話す。

「三成の次男の重成は、豊臣秀頼の小姓をしていて、関ケ原のときは大坂城にいたんですね。同じく大坂城には、津軽藩主の嫡男が西軍の一員としていました。重成はその嫡男の手引きで、すばやく津軽に逃れてきたんです」

重成は杉山源吾と改名し、津軽の人となった。杉山さんは重成から十五代目にあたるという。

「結局、信枚が津軽藩主となり、その子や孫がやはり藩主になった。信枚の妻は三成の娘ですから、三成の孫が津軽で藩主になったということになりますね」

と、杉山さんの妻、陸子（みちこ）さんもいう。陸子さんは、二〇一三年で二十三回目を数える「ゆきのまち幻想文学賞」を主催する「ゆきのまち通信」の代表者。三成の孫が津軽藩主となったとは、十分に幻想的ではある。

謀略と暗殺で語られることが多い為信だが、なぜか三成の子、重成は殺さなかった。むしろその子孫たちは優遇されている。

「重成の子は家老となり、その後も重臣として明治まで仕えました。三成の秀吉への思いは伝わっていたようで、代々の墓には『豊臣』という文字が刻まれています。津軽だから許された話で、近江では無理でしょうね」

と、陸子さんはいう。

杉山さんの曽祖父にあたる杉山龍江は幕末明治に活躍した。権大参事（副知事）となり、箱館戦争にも参加している。

「幕末に藩論が二分したときには、薩長側についていきます。やはり徳川憎しといった気持ちがあったのかもしれません」（杉山さん）

中・北・南津軽の郡長や警察署長なども務め、その子は東奥義塾の塾長ともなっている。

「曽祖父の時代に、三成の甲冑（かっちゅう）があったんですが、甲冑を質に入れて五所川原の商家に金を借りたところ、相手は買ったつもりだったということで、金を持っていっても返してくれない。結局、裁判になり、一、二審は勝訴したんですが、結局は負け。その後の大火で焼けたのはなんとも残念です」

床の間の三成の肖像画はよく知られたもので、原画は杉山家の所蔵になる。このほか、弘前市の革秀寺（かくしゅうじ）にある「豊太閤坐像」も三成ゆかりだという。

二〇〇〇年の関ケ原四百周年のときは、津軽の石田一族ゆかりの人々と一緒に供養会を開いている。

「このときは関ケ原にも石田町にも行っています。津軽に石田三成の子孫がいるはずがないという人もいるんですが、石田町の方々にはよくしていただきました。慰霊祭にはよくお誘いを受けるんですが、あまり東軍の子孫の方々と握手したりするのもねえ」

と、三成マインド、健在である。

杉山さんには夢がある。

「いつか、関ケ原の合戦場をパラグライダーで上から一望してみたいですね」

関ケ原の上空を舞う三成の子孫を見たなら、泉下の家康も驚いて生き返るかもしれない。

井伊家の風韻

「近江散歩」の取材のある朝、司馬さんは彦根城に登っている。まだ二月で、落ち葉を焚く煙が漂い、冬の朝の匂いがした。

〈私は、石段がつらい。大息をつきながらのぼるうちに、石段の上から十数人の人達が降りてきた〉（「近江散歩」以下同）

みな五十歳ぐらいで、地味な背広にコートをはおり、一様に無口だが、息は合っている。司馬さんは一団を、銀行の部長たちが全国から会議で集まったのだと勝手に推理した。

〈御家中(ごかちゅう)だな〉

と、不意におもった。私のように浪人ではない〉

江戸時代にタイムスリップしたような感覚になり、〝御家中〟の人々の背広が裃(かみしも)に見え、額が後退した人は月代(さかやき)を剃っているように見えた。しかし一団のなか、ちょっと雰囲気が違う人がいるのに気が付く。顔付きや年配は似ているが、その人物だけは他の文化を持っているように見えたという。

「川口君」

と、司馬さんは声をかけている。

当時の川口信行・週刊朝日編集長だった。司馬さんの取材に同行、朝に彦根城を見て東京に帰ろうとし、〝御家中〟にまぎれこんだようだ。

〈どうみても異分子であることがおかしかった。しかしかれの場合も、その所属会社の同年配の仲間たちと彦根城の石段を降りさせれば、やはり似たような文化的衝撃を私にあたえるのではあるまいか〉

こうして彦根城の石段をのぼるだけで文化論が始まる司馬さんだった。

「読んで、そうか、おれも御家中なんだなと思いましたよ」

と、川口さんはいう。

「司馬さんは自分を『浪人』と書いているでしょう。いつか司馬さんがいってましたね。『君たちは会社に所属しているけど、小説家は一人きりだろ。君たちと飲んで帰ると、いわば真っ暗な四畳半一間の部屋で裸電球をパチッと付け、自分の体温で部屋を暖めないと、仕事が始まらないんだよ』。司馬さんが四畳半というのはとてもイメージに合わないけれど、そういう感覚を保ち続けたことは確かでしょうね」

御家中を見てヤレヤレと思うことが多かっただろうし、孤独とは無縁だったと思う。

それでもときに、独りを強く意識する司馬さんがいたのかもしれない。

◇　◇

「近江散歩」の御家中といえば、彦根藩の井伊家になる。

家康の懐刀だった井伊直政、二代目で藩の礎を築いた井伊直孝、「安政の大獄」を主導した井伊直弼とビッグネームが多い。草創期から幕末のぎりぎりまで、徳川幕府の屋台骨を支えた家でもある。

現在の当主は直政から数えて十八代目の井伊岳夫さん（四三）。彦根市教育委員会の市史編さん室につとめている。京大で日本史を専攻、一九九八（平成十）年から市史編さん室で働くようになり、二年後に職場結婚した。

「その相手が井伊家の長女でして、私が養子に入ることになりました。大学時代の仲間、友人たちには結構驚かれましたね」

一緒に勉強していた仲間がある日、〝殿様〟になってしまったわけだ。

「当主といってもそれほど仕事が多いわけではありません。『国宝・彦根城築城四百年祭』とか『井伊直弼と開国百五十年祭』などの開幕セレモニーに出たり、彦根藩士の子孫でつくる『たちばな会』に出るぐらいです。でもたしかに普通の家ではありませんね。二〇〇一年が井伊直政の四百回忌だったのですが、普通の家は四百回忌はやりませんよね」

井伊直政（一五六一〜一六〇二）は知勇にすぐれた武将だったが、行政官としても優秀だった。関ケ原の戦いのあと、石田三成の旧領を相続することになり、まずは石田時代の法や慣習を尊重した。さらに、

「関ケ原合戦に関することを語るな」

と、家臣たちに命じた。

〈語れば、三成の悪口になり、三成をひそかに慕っているかもしれない民間の感情を傷つけることになる〉

こういう直政について、

〈英国貴族のような気配（けはい）がある〉

と、司馬さんは表現している。

徳川家の信頼を得た井伊家は、譜代大名随一の三十五万石となった。

「関ケ原の約一年半後に直政は亡くなります。彦根藩の礎を築いたのは直孝ですね。四十年以上藩主をつとめ、四代将軍家綱の代まで徳川家に仕え、のちの大老の役割を果たしています」（岳夫さん）

直孝（一五九〇〜一六五九）もエピソードが多い。

伊達政宗が家康からの古証文を取り出し、幕閣をゆさぶったことがある。関ケ原で味方をすれば四十九万五千石を加増するといった家康のお墨付きの文書だが、勝ってしま

えば家康は狸で、知らぬ顔で反故にした。

家康、秀忠が世を去るまでは黙っていた政宗だが、三代将軍の時代になって、加増を要求した。将軍を含め若造だらけの幕府をなめきっていたのだった。譜代筆頭の直孝も二十三歳年下になる。直孝は政宗に面会し、お墨付き文を見せてもらい、しばらく眺めていた。

〈やがて引き裂き、火中に投じてしまった。政宗が形相を変えて立ちあがったが、直孝は水のように静まったまま、

「伊達の御家のために、御無用にして有害なるもの」

と、いった〉

伊達藩六十余万石を滅ぼすつもりかと、逆に脅したのである。その迫力に政宗も引き下がったという。

十三代の直弼が「桜田門外の変」（一八六〇年）で暗殺され、十四代直憲のときに藩政は迷走する。譜代筆頭だった井伊家は官軍の一員となって明治を迎えた。その子、十五代の直忠は型破りだった。

彦根城のなかに「彦根城博物館」があり、能面の展示が目を引くが、約二百三十点の能面や、装束と小道具など約一千点は「直忠コレクション」として市に寄贈されたものだ。

現在の当主、岳夫さんは、その彦根城博物館の館長でもある。

「祖父の直愛（十六代）は双子で、弟といっしょに『自分たちも能をやりたい』というと、『お前たちまで能に凝ってしまったら井伊家の財産がもたない』と直忠にいわれたそうです」

その直愛さんは彦根市長となった。しかも長期政権で一九五三（昭和二十八）年から連続九期つとめた。いちども無投票当選はなく、十期目に挑戦して敗れた。

「三十六年間ですから、新卒で入って定年近くまでずっと井伊市長に仕えた方もいたことになるわけです。江戸時代が二百六十五年、直愛市長が三十六年ですから、江戸時代から約四百年のうち三百年以上も井伊家が彦根を統治したという方もいますね」

直愛さんはネスカフェのCMに登場したこともあるという。

「坂東三津五郎さんが八十助さんと名乗っているころ、ゴールドブレンドのコマーシャルで祖父が共演したんです。お城が好きな三津五郎さんは『お殿さまのような威厳のある雰囲気に感動しましたよ』と、のちに彦根にいらっしゃったとき、話されていました」

違いのわかる「殿様市長」だったようだ。直愛さんの妻、文子さんは短歌が好きで、エッセー集『井伊家の猫たち』（春秋社）も上梓している。

捨て猫を放っておけず、いつしか住まいの「お浜御殿」は十一匹の〝猫屋敷〟になったという。

彦根藩の旧臣八木原家からもらった猫の名前の由来についても書かれている。

〈井伊家では、名前に代々「直」がつけられていたこともあって、たとえ猫でもわが家の一員となったからにはと、「直」の字をいただいて「直吉」と命名することにした。ご先祖さまも宥(ゆる)して下さるだろう〉

岳夫さんも直岳という名前を持っている。

「私は井伊家で初めての養子で、結婚のとき『直』をつけたらという話も一部にはあったんです。しかし名字と名前を一度に変えるとあまりに自己同一性がなくなりますから。いまは通称という形で直岳を名乗らせていただいています。実績を積み上げ、この名前を社会的に浸透させていかなくてはなりませんね」

という。御家中への深い気配りを感じさせる十八代目だった。

岳夫さんに会ったあと、「近江散歩　御家中」章の締めくくりの言葉を思い出した。

〈一藩の「家中文化」が成立するにはこのような類いの歴史が大小となく無数にこめられている。そういう文化が、近代社会になってもぬけるものではないのである〉

芭蕉と勇士

ときどき司馬さんは『街道をゆく』の取材で、船上の人になる。

一九八三年十二月の「近江散歩」の旅でも近江八幡市で和船に乗っている。葦が群生する水路を、手漕ぎ舟で進んだ。

〈むかしは、こういう舟あそびを「舟ゆき」といったそうである。福永さんによると、豊臣秀次も「舟ゆき」をして遊んだという〉（「近江散歩」以下同）

話し相手になってくれた船頭の福永武さんは、近江八幡の「水郷めぐり」の草分けの一人だった。

近江八幡の礎を築いた豊臣秀次は、「八幡堀」と呼ばれる水路を遺している。掘割は、琵琶湖やその内湖である「西の湖」などに通じている。舟で葦を刈りにいく人や、中州の田んぼで働く人、鮎やウナギをとる人など、多くの人が舟を使って暮らしてきた。そのライフスタイルを観光資源に生かしたのが「水郷めぐり」になる。

もともと福永家では簾を作ってきたので、簾の原料の葦には思い入れがあったようだ。

「冬のよしもいいでしょう」

と、福永さんは漕ぎつついった。

冬の葦に風が吹くと、かさかさと乾いた音が流れてゆく。

「季節によって、よしに吹く風の音がちがうんです。晩春から夏にかけては、葉ずれの音が重くなって、ざわざわという感じにきこえます」

ここで「よしあし」問答になる。

「よしとあしとは同じものですか」

と、司馬さんは聞いた。

辞書や百科事典を見るかぎり、よしとあしとは同じ植物を指す。イネ科の多年草で、背丈が四、五メートルぐらいにもなる。葦、蘆、葭といった漢字は、よしと訓んでも、あしと訓んでもいい。

しかし福永さんは、

「この辺では区別しています」

といった。

よしは節と節の間が空っぽで軽く、簾の原料となる。一方、あしは節と節の間に綿毛が詰まっていて、草屋の屋根に使われるという。

「あしの茎に綿毛がつまっていて、よしの茎は空っぽだということから、このあたりでは、あの人は腹に一物ある人だという場合、あの人はあしだから、と言うんです」

こうして夕暮れまで、冬の「舟ゆき」は続いた。

「水郷めぐり」は、現在は年間八万人がおとずれる観光スポットになっている。福永さんが九八年に亡くなったあと、息子の文昭さんの妻、栄子さんがあとを継いで、「近江八幡和船観光協同組合」の理事長になっている。

「舟の稼働は長くて四月から十一月までの八カ月間です。司馬さんは誰もいない、独り占めの状態の十二月に乗られていますね。義父は司馬さんのことをよく知らなかったようですが、たいへんよく書いていただき、ずいぶん自慢していましたよ」

と、栄子さんは楽しそうにいう。

栄子さんに案内されて六人乗りの和船に乗った。船頭の乾忠三郎さん（六五）の櫓でゆったりと発進する。

乾さんは十年以上のベテランだが、年齢的には若手かもしれない。組合に在籍する船頭は三十人ほどで、平均年齢は七十一歳、最長老は八十二歳だという。

「地元の人以外に、第二の人生に船頭を選ぶ人が結構いるんです。お客で来て魅せられた人が多いですね。校長先生や会社の会長さんだった方もいますし、大阪から通勤される方もいらっしゃいます。最初はなかなか舟がまっすぐ進みませんね」

花見シーズンには一日に七百〜八百人の乗船客があり、一、二時間コースを四、五度回ることもある。

絶妙な櫓捌き（さば）の乾さんがいう。

「時速四キロで、歩くほうが速い。日本一遅い舟やから、人気があるんかな。毎日してるとな、腰などもどうもない。メタボやらにならず、ほんまにスマートになりますわ」

近くに道路は見えるが、ほとんど車が通らない。櫓がきしむ音、水音がわずかに聞こえるだけだ。やがて視界が広がり、太鼓橋が見えた。

「ここは一本も電柱がないんです。それであの橋の上をよく、江戸時代の飛脚（ひきゃく）が走ったりします」

と、栄子さん。「鬼平犯科帳」や「剣客商売」などの撮影のロケ地によくなるそうだ。司馬さんも書いていた。

〈エキストラには、このあたりの人が使われる。舟もそのまま使う。船頭さんも、服装を変えてまげをつけるだけで、劇中の人になってしまう〉

安土山や伊吹山も見渡せる。バードウオッチングにも最適だろう。シラサギとアオサギが〝にらめっこ〟するめずらしいシーンにも遭遇した。

しかし、一年中見られるという鳰（にお）（カイツブリ）を見ることはできなかった。鳰は水に潜ってエサを捕るのがうまく、水面に浮かんだまま眠りもする。

〈琵琶湖には、とりわけ鳰が多かった。

「鳰の海」

とは、琵琶湖の別称である〉

司馬さんは、近江の舟遊びを楽しんだ松尾芭蕉（ばしょう）の句も紹介している。

「五月雨（さみだれ）に鳰の浮巣（うきす）を見にゆかむ」

さらには、

「四方より花吹入（ふきいれ）て鳰の海」

司馬さんも鳰には会えず、福永さんは慰めるようにいった。

「郵便局と一緒で、今日は休んでるんじゃないですか」

司馬さんはぽかんとしていた。ここで同行の担当者、藤谷宏樹が活躍する。

〈藤谷氏が気の毒がって、

「今日は土曜日だからです」

と、教えてくれた。（略）郵便局が第二土曜日に休むようになっている。福永さんがそのことにひっかけているのです、と藤谷氏が丹念に教えてくれてから、私は大笑いした〉

舟同様、笑いのスピードもゆっくりなのである。

舟に乗っている間、司馬さんの頭のなかには、芭蕉がいたのだろう。

〈琵琶湖とその湖畔を、文学史上、たれよりも愛したかに思われる芭蕉は、しばしば水

面のよし、の原を舟で分け入った〉

長い旅路の『おくのほそ道』を終えたあと、芭蕉は大津に二年近く滞在している。なかでも国分山（こくぶやま）の庵（いおり）「幻住庵（げんじゅうあん）」には約四カ月住み、『幻住庵記』を残している。現在、幻住庵は再建され、芭蕉のファンを集めている。

国分山を少し登ると、湧き水が出ている池があった。「とくとくの清水」と呼ばれていて、説明板に書いてある。

「芭蕉は、元禄三年（一六九〇）四月、幻住庵に入り、この清水を使い気ままな自炊生活をしていた」

その下にも看板があり、

「清水に魚をいれないでください」

とあった。階段を竹ぼうきで掃いていた男性に聞いてみた。

「琵琶湖特産のイシモロコが一匹だけ棲んでいるんですわ。トンビがくわえてきたんでしょうかな」

なんとも風流なトンビである。

この幻住庵に住んだときの芭蕉は四十七歳だった。五十一歳で亡くなっているから、自分の人生を振り返る時期だったのかもしれない。

『新芭蕉伝　百代の過客』（本阿弥書店）などの著書もある、俳人の坪内稔典さんに聞いた。

「このころの手紙に『残生』という言葉があります。『おくのほそ道』という大仕事を終え、心弱りもあり、また安らぐ思いもあった。しかし俳人としては円熟期でもあり、近江で名句もたくさん詠んでいます」

たった四カ月の滞在なのだが、芭蕉にとっては旅が日常で、幻住庵より長く住んだのは東京の深川ぐらいになるという。

「近江は交通の要衝で、豪商や高級武士などに文化人が多くいました。そういう人々をパトロンとして、芭蕉は近江を楽しんでいたわけです」

芭蕉に幻住庵を貸したのが、膳所（ぜぜ）藩の重鎮、菅沼曲水（きょくすい）（のち曲翠（きょくすい）、一六五九〜一七一七）だった。

〈芭蕉は、曲翠の人柄が好きであった。現存する芭蕉書簡は、曲翠あてのものがもっとも多いとされる〉

曲翠について、芭蕉は「勇士」とよんでいる。その形容の正しさは、芭蕉の死後に証明されている。

藩を救うため、暗君の藩主に取り入る用人を殺害した。本人はその場で切腹し、家は取り潰された。一方、曲翠は遺書に「私怨」と記したため、膳所藩は幕府の追及を免れている。

「行春（ゆくはる）を近江の人とおしみける」

と、芭蕉は詠んだ。

春になって琵琶湖から水蒸気が立ち昇り、山々をやわらかくする近江の春が、芭蕉は好きだった。それをともに楽しむ風雅な門人に、闘志を秘めた勇士がいたのである。

信長を狙った男

短編小説について、司馬さんはいっていた。

「長編小説を書くより、短編小説を書くほうがエネルギーがいるんだ。あれは若いときでないとできない」

「近江散歩」でも触れている。

〈短編の主題は、人生そのものがそうであるように、二律背反でなければならない。二律背反というのは、万力（まんりき）（工作機械）にはさまれて絞められているということである〉

北近江の戦国大名、浅井長政（一五四五〜七三）の家臣で、遠藤喜右衛門尉直経（きえもんのじょうなおつね）という男が、〝万力〟にしめあげられていたという。喜右衛門尉は物事がよく見え、

「浅井家の前途は、路上に置かれた卵のようにあぶない」

と思っていた。

〈路上の鳥なら人馬に踏まれることがない。が、隠居の久政（ひさまさ）は凡庸で、当主の長政はまだ若く、政略において欠けており、この国際情勢のなかで、鳥であることは希（のぞ）むべくも

ない〉

　しかし、主家を見限ることもできない。忠誠心が強い男でもあった。

〈この忠誠心こそ、喜右衛門尉の万力の力構成の別の一方をなしていた。さらに、万力という工作機械の土台をゆるぎなくボルトで締めつけているのが、かれの剛直さというものだった〉

　もともと浅井家と織田信長（一五三四〜八二）の同盟には反対だったようだ。信長の能力、人となりを見て、長政のかなう相手ではないと考え、浅井領内を訪れた信長の暗殺を進言している。しかし誼（よしみ）を結んだばかりでもあり、長政に容れられなかった。

　その二年後に、浅井家が信長に反旗を翻そうとしたとき、こんどは逆に喜右衛門尉は反対している。

「いまとなれば、ひたすら信長に味方し、信長を頼ませ給う以外、御家の道はございませぬ」

　もはや浅井家が戦えるレベルの相手ではないと主張したが、またも聞き入れられなかった。

　結局、浅井家は反旗を翻し、激怒した信長によって追い詰められ、姉川の合戦（一五七〇年）を迎える。浅井・朝倉連合軍は織田・徳川連合軍を迎えて奮戦したが、やがて退却していく。

〈敗軍のなかで、遠藤喜右衛門尉は、血みどろになっていた。

かれは後退する自軍とは逆に、織田方のほうに進んだ〉

戦死した友人の首をかかえ、織田の将士のような様子で、信長に接近していった。

〈浅井方が勝つ目といえば、信長一人をたおすという戦法以外にない〉

敗勢を利用し、首実検を願うふりをして信長を狙う。しかし、十間(約一八メートル)まで近づいたところで気付かれ、殺されている。万力にしめあげられた人生はこうして終わる。

喜右衛門尉について、
〈以前、短編に書きたいとおもったことがあったが、果たせぬままでいる〉
と、司馬さんは書いている。

喜右衛門尉のように、信長に苦しめられた人々は多かっただろう。

〈織田信長の出現とその勢力の急成長は、やや退嬰(たいえい)の気味のあった旧勢力にとって意外でもあり、迷惑でもあった〉


浅井家の離反について、静岡大学名誉教授の小和田哲男さんはいう。

「浅井長政がお市の方(信長の妹)と結婚したのが永禄十一(一五六八)年ごろですが、そのころの信長の軍事行動に長政も協力しています。ただ、何の恩賞もなかった。使い捨てにされるのかなという不安感が長政にはあったと思いますね。信長にしてみれば、家康と長政は俺の右腕、左腕という気持ちがあったと思います。こんな小さいことで恩賞を与える必要はないと思っていた。しかし家康なら我慢するところですが、長政は不満だったんですね。それが離反の理由のひとつになっていると思いますが、信長はそういうところに鈍感です。人の心をそんなに読めていないし、読もうともしない」

以後は松永久秀、荒木村重、そして最後は明智光秀と、信長は謀反に次ぐ謀反に苦しむことになる。

「こういうことやったら恨むだろうなあという思いは、信長にはありません。長政、村重、光秀にしても、これだけ優遇してやったのにと思ったでしょう。自分は特別なんだという意識が強すぎた。カリスマ性がありすぎたのかもしれません」

信長のカリスマ性を感じる場所といえば、やはり安土城だろう。

司馬さんは中学生のときに、友達と安土山に登った。

〈わずか標高一九九メートルの山ながら、登るのが苦しかった。（略）頭上にも木がしげり、空はわずかしか見えず、途中、木下隠れの薄暗い台ごとに、秀吉や家康の屋敷趾とされる場所があった〉

山中にある信長の菩提寺、摠見寺の僧侶が案内してくれ、司馬さんたちを励ましたという。

「登れ。のぼると美しいものが見られるぞ」

ようやく山頂の天守跡に登った司馬さんは、目の前いっぱいに広がる湖を見た。琵琶湖の内湖、伊庭内湖(いばないこ)だった。安土山はこの湖に向かって突き出ていて、山というよりも岬という感じだった。

〈この水景のうつくしさが、私の安土城についての基礎的なイメージになった。織田信長という人は、湖と野の境いの山上にいたのである〉

しかし伊庭内湖はその後に干拓が進んだ。小和田さんが初めて安土山に登ったのは十九歳で大学二年生、一九六三(昭和三十八)年だった。

「干拓事業はだいぶ進んでいたと思います。いまほどではなく、もう少し近くまで湖が来ていた印象がありますね」

信長は、琵琶湖の水運を強く意識していたようだ。

「近江を押さえることで、北国から来る物資を押さえることもできる。そもそも近江は石高も七十七万石と高い。南には明智光秀の坂本城があり、北には秀吉の長浜城がある。三角形の頂点になるのが安土城です。坂本、長浜、安土で琵琶湖の制海権を握ることができました」

岐阜と京都を往復するのは大変で、安土なら舟で半日もかからず、日帰りも可能だった。さらには北陸の雄、上杉謙信の存在もある。

「安土城を造ったのは天正四(一五七六)年で、このころから上杉謙信と敵対しはじめます。前年に長篠の戦いで武田を破っていますから、もはや怖いのは上杉だけでした。もし上杉が京都に向かって攻め込んでくるとすれば、近江を必ず通る。安土に拠点があることで、上杉に対する備えができます。その意味でも天正四年という時期は重要ですね」

二〇〇〇年の安土城の本丸御殿跡の発掘調査で、天皇の御殿である清涼殿と同じ配置の礎石が発見された。

「それが天皇の安土行幸の準備だったのか、それとも安土遷都という構想もあったのか。信長は途中から平氏を名乗ります。平清盛が福原に遷都をしたように、自分もやってみようとしたのでしょうか」

この時期から信長の朝廷に対する態度が微妙に変化している。

「尾張で使われている暦を、朝廷に使うよう要求しています。公家の日記には、『信長無理なる事を申し候』と書かれています。朝廷とはお互いに利用する関係できたけれど、自分の力が大きくなるにつれ、朝廷をそれほど重視しなくなってきたのではないでしょうか。武田信玄や上杉謙信も自分と戦う前に急死したように、敵対する人間はことごとくいなくなっていく。自分はちょっと普通の人間とは違うぞというふうに思い込んだ節はあります」

エキセントリックな逸話も数多く残している。

「宣教師のルイス・フロイスが書いていますが、異常な潔癖症ですね。城内の一室でみかんの皮が落ちていて、それを見過ごした女中が信長に殺されています。二条城を造っているときに一人の人足が、通りかかった女性の笠をあげて顔を見ようとしたのを目ざとく見つけ、スッと寄って斬ってしまう。光秀に殺されてホッとした人は多かったと思いますね。家康も信長が怖かった。同盟とはいいながら、主従に近い関係を維持せざるを得なかったんでしょう」

安土城は地下一階、地上六階でできていた。五階と六階には、仏教や儒教、道教の世界をあらわす絵が飾られていたという。

「私は中国的なものを、安土の天守から感じますね。天皇を超える存在になりたかったのかもしれません」

あるいは中国的な皇帝になろうとしていたのか。安土城の天守はもはやないが、かつて日本的な伝統に存在しなかった、独裁者の面影をいまも城跡に残している。

ハイカラの老舗「神戸散歩」の世界

ハイカラ・アカデミー

一九八二（昭和五十七）年に連載された「神戸散歩」で、司馬さんはまず大阪と神戸を比較している。

〈都市の性格や機能がたがいにちがっている。市民文化もちがう。

「民度もちがうんじゃないか」

と、神戸の友人が、みもふたもないことを言ったことがある〉（「神戸散歩」『街道をゆく21神戸・横浜散歩、芸備の道』以下同）

昭和三十年代のある夜、司馬さんが神戸から乗ったタクシーで、五十すぎの運転手さんと雑談になった。

「神戸の娘さんが、よういいますな。人間にうまれてよかった、それも神戸に住んでいてよかったと」

ややあきれ、そんな娘さん、神戸のどこにいますかと聞くと、

「どこにでもいますよ」

と、運転手さんは平然という。

さらに、横断歩道で奥さんの手をとって渡ったところ、東京の友人に笑われた。東京にも大阪にもまだレディーファーストが浸透していない時代だが、

「神戸では、あたりまえです」

と、胸をはってみせる。

「居留地文化の名残でしょう」

と、司馬さんがいうと、

〈運転手さんは感度よくうなずき、

「はじめは異人さんのまねをしているうちに、身についてしまったのでしょうな」

と、いった〉

神戸は「異人さん」の文化が町をリードしてきた。その開港は一八六八年一月一日（慶応三年十二月七日）。横浜にやや遅れ、同じような海辺の寒村が賑やかな港町に急成長していく。初代兵庫県知事は伊藤博文（一八四一～一九〇九）である。

〈兵庫県庁の場合、居留地の気分の照り映えもあったろうが、伊藤という陽気な男のいい面が、庁内の気分をつくったといっていい〉

かつての長州の攘夷青年は文明開化を推進し、神戸は明治日本の象徴となる。その後、水害、空襲、地震と、数々の試練に耐え、神戸の都市の伝統はいまも続いている。

〈自分の都市の祖型を尊敬するという開明的な――もしくは居留地や山手の異人館の美観についての憧憬心が――市民の共通の気分のなかに息づいていたからかと思える〉

そんな市民の気分を伝えるタウン誌に「月刊神戸っ子」がある。

司馬さんはその執筆者の一人だった。一九六一（昭和三十六）年四月に連載が始まった「ここに神戸がある」は、二十一年後の「神戸散歩」の原型だろう。

〈大阪には、東京における山ノ手という、いわゆる選民地帯がない。大阪じゅうが、本所や深川、浅草、神田の感じなのである。東京の編集者が「大阪にも山の手がありますか」とよくきく。「それは神戸や」と答えることにしている〉（「元町を歩く」『ここに神戸がある』一九九九年、月刊神戸っ子）

連載一回目の「ハイカラの伝統」では、三ノ宮駅から徒歩約七分の「神戸アカデミーバー」を訪ねている。マスターの杉本栄一郎氏は、バーに隣接する自宅からなかなか出てこない。

〈酒なかばにして、主人がようやくあらわれた。（略）客は酒をのみにくるものだ、主人の愛想顔を見にくるものではあるまい、という堂々たる見解が、六十三才の風ぼうに出ている〉（「ハイカラの伝統」以下同）

司馬さんは直木賞を受賞したばかりで、三十七歳。ややたじたじだったのかもしれない。創業は一九二二（大正十一）年で、マッチには店名が中国語表記され「翰林院酒（かんりんいんしゅ）

肆」とある。

〈ハイカラの伝統の古さは、このバー一軒をみてもわかるような気がした。私は店内を見まわしながら、（なるほど、ハイカラ文化財だな）と、思った〉

「ハイカラ文化財」はいまも健在である。マスターは次男の杉本紀夫さんが継いだ。カウンター六席の木造の店内で、左側の壁には、小磯良平、田村孝之介、竹中郁といった大家たちの〝合作〟の落書きがある。

「野球選手が来るとうれしかったですね。巨人だとショートの平井三郎、青田昇、阪神だと本屋敷錦吾、小山正明ね。家が横ですから、偉い先生が来ると、親父が『ご挨拶せえ』です。『君の名は』の菊田一夫先生、芦屋の谷崎潤一郎先生。谷崎先生はいつも和服で杖をつき、オーラがありました。そういえば、司馬先生のときは呼ばれなかったな（笑）」

先代は京都出身だという。

「もともと綿屋の息子でしたが、綿より外国に目が向きましたね」

元町にあった、輸入食材店の明治屋（二〇一三年閉店）に勤めた。

「メリケン波止場から小さなランチ（小型船）が往復して、外国船に必要な商品の御用聞きをする。親父はそれが仕事で、外国船の中でバーを初めて見た。この商売のきっかけで、最初はカフェでした」

いろいろなビッグな人に会った杉本さんだが、一九六六（昭和四十一）年には、「007」に会った。

「オリエンタルホテルの社長が安部譲二のお父さんで、ぼくの兄貴分が譲二なんですわ。その安部社長に声をかけてもらい、ショーン・コネリーに会えました」

当時のオリエンタルホテルの服装のチェックは厳しかったという。

「スーツを着てロビーへ行くと、ヤシの実が描かれたトロピカルなTシャツに半パンをはいたおっさんがうろうろしてる。エエんかいなと思ったら、それがコネリー（笑）。翌日のロケに誘ってくれました」

日本が舞台の「００７は二度死ぬ」の撮影だったという。

九五年の大震災では、店が壊滅状態になった。

「震災のときは、店の中から星が見えましたよ。この店は昭和二十四年に建てたものですが、柱が大丈夫だったんで、再建できました」

伝統はやっぱり強い。

「神戸っ子」時代の司馬さんの街歩きをもう少したどると、元町通の古美術商「美術舗播新(はりしん)」に着いた。

〈主人の太田君は加古川にあった戦車第十九連隊に入営した初年兵仲間であり、また陸軍四平戦車学校というぶっそうな学校の同窓でもある〉（「元町を歩く」）

同窓だったのは三代目で、四代目の太田雅勝さんが継いでいる。

「産経新聞の記者時代も、ときどき見えていましたよ。親父が『司馬遼太郎いうのは福田君のことや』と、いうてましたな。戦友というのは普通の友達とは違うんやって」

一八八一（明治十四）年に、曽祖父の太田新次郎さんが開業した。

「鹿鳴館(ろくめいかん)時代ですね。日本人は外国に目を奪われて国内の美術品をあまり重視しなかったようです。そんな時代に曽祖父が日本の陶磁器や蒔絵(まきえ)などを居留地の外国人に売って、成功した。えらい大きな別荘も持っていて、来日したチャプリンも遊びに来たと聞きました」

初代はかなりの有名人で、イギリス人の探検家、ゴードン・スミスの日記にも名前が登場する。『ニッポン仰天日記』（荒俣宏翻訳・解説、大橋悦子共訳、小学館）には、一九〇四（明治三十七）年二月十一日に「ハリシン老人」が登場する。日露戦争で日本の主力艦隊が旅順港を攻撃し、

「全部で二十三隻のロシアの艦隊が破壊あるいは撃沈」

という噂をスミスは聞く。

神戸の町にできた大行列の「バンザイ」について書いている。

〈ハリシン老人は誰よりも大きな声を出していたと、彼をモト町で見かけた者から聞いた〉

司馬さんは元町通のネクタイ専門店「元町バザー」も訪ねている。

〈この店のぬし小林延光氏、ただネクタイを見て歩くだけの目的で何度も外国へ行ったという。小林さんみずからがデザインをし工場で作らせ、東京や大阪へ出す。ネクタイの流行は、銀座からではなく、いつの場合でも元町から発している〉（「元町を歩く」以下同）

亡くなったオーナーに代わり、妻の妙子さんが話してくれた。

「主人は単にネクタイが好きだったんです。変わりもんだわね（笑）。そういう人間が神戸には結構いるんですよ」

イタリアの高級ネクタイ「アンジェロ・フスコ」を現地で買いつける日本で唯一の正規販売店だという。

「やはり手にとって買っていただきたいのでインターネット販売はしていません。それにしても私たち、ほんとにネクタイしか知りませんわ」

若き司馬さんが書いている。

〈「天下の元町」の意味がわかるような気がした。その大衆的賑わいをいうのではなく、こういう一業の見事さを誇る所にあるのだ〉

ここにも生き続ける「ハイカラ文化財」があった。

神戸へのエール

若き司馬さんは大阪市の上本町にあった大阪外国語学校（現・大阪大学）に通い、モンゴル（蒙古）語を学んでいる。当時、神戸から通う「陳」姓の青年が二人いた。いずれも温厚な秀才で、「神戸散歩」にユーモラスに紹介されている。

まず一人はインド語を専攻した作家の陳舜臣さん（九〇）。司馬さんとは、福建省や台湾など『街道をゆく』の旅を共にしている。

その陳さんが一九六一（昭和三十六）年に江戸川乱歩賞を受賞したとき、講談社のSさんから司馬さんに電話があった。

「あなたとおなじ学校だった陳さんが『枯草の根』という作品で賞をうけられました」

司馬さんは陳さんが小説を書いていることは知らなかったため、

〈――それはシナ語の陳さんですか、インド語の陳さんですか。

と、問い直した。S氏は、電話の震動板のむこうで笑いだした〉（「神戸散歩」）

陳さんの書いた「学友司馬遼太郎をおもう」（『司馬遼太郎――アジアへの手紙』集英

社）によると、当時の大阪外国語学校には十の語部があり、半分が東洋語だった。さらに東洋語の半分の人数が支那語部で、残りが「四語部」だったという。

〈四語部とは「モーマインア」ということばが、いまでも耳に残っている。蒙・馬（マレー）・印・亜（アラビア）にほかならない〉

司馬さんの蒙古語部も陳さんのインド語部も定員は十五人。それぞれ専門の語学以外で一緒に勉強する機会が多かった。

〈学校そのものも縦割りで、英語やフランス語の同級生よりも、「蒙・馬・印・亜」の上級生や下級生のほうが親しかった〉

と、陳さんは懐かしんでいる。

「神戸散歩」では、二人の陳さんについてさらに説明している。

〈陳舜臣氏によると、神戸からの通学組のひとたちがこの同姓の両人を区別するのに、わざわざ陳徳仁氏のほうを、男前の陳とよんでいたという〉

〝男前の陳〟こと陳徳仁（ちんとくじん）さん（一九一七～九八）は、支那語部で中国語を専攻していた。学生でありながら、広東語の講師を務めていた人だった。神戸中華同文学校の理事長も務めたことがある。小学校と中学校のコースがある中国系の伝統的な学校で、

〈学校長や理事長には、華僑の会の会長さんとか、名望家が、無給でつとめることになっている。

陳徳仁氏は、以前、その理事長を十年ほどつとめていた〉

自らが設立に尽力し、館長でもあった「神戸華僑歴史博物館」（神戸市中央区）に司馬さんを案内している。

その司馬さんの取材に〝インド語の陳〟こと陳舜臣さんも同行してくれた。陳さんには『神戸わがふるさと』（講談社文庫）という著書がある。

六一年に前述の江戸川乱歩賞を受賞した日は、生田神社の夏祭りだった。夕方、家業の貿易商の店から北野町の家に帰る途中、カバンの手提げ部分が外れてしまった。

「もうサラリーマン生活をやめてよいということかな」

と、陳さんは思ったという。

〈北野町の坂を登って行くと、妻が坂の上で手を振っていた。授賞のしらせがあったと、さすがにすくなからず興奮していた〉

と、初々しい時代の描写が続く。

北野町の坂を、司馬さんもたびたび上ったようだ。司馬さんの連載やインタビューなどをまとめた『ここに神戸がある』（一九九九年、月刊神戸っ子）に、陳さんは「司馬さんと神戸」という文章を寄せている。司馬さんが北野町の陳さん宅を初めて訪ねたのは昭和三十年代後半だった。

〈二児の母となっている私の娘が、そのときまだ幼稚園にも行っていなくて、庭で司馬

夫妻に遊んでもらっていた〉

手ぶらで神戸に現れる姿をたびたび見ては、

「絵になるなあ」

と、陳さんは思っていたようだ。

〈すこし疲れていて、神戸でそれをいやすというのが、はじめから彼の神戸来訪のパターンであったにちがいない〉

と、陳さんは書く。

〈「街道をゆく」の神戸篇では二日ほど会ったが、私から取材するようなことはなかった。同年、同窓なので、仕事をはなれてほっとするのであろう〉

「モーマインア」以来の結束は、固い。お互いに尊敬しつつも、いつも学生同士のような雰囲気が二人にはあった。

司馬さんは二人の陳さんに会い、JR新神戸駅裏にある「布引（ぬのびき）の滝」を見物し、「外国人墓地」で神戸を築いた先人たちに詣でている。

最後に、須磨区千歳町のゴム工場の一郭を訪ねた。須磨区の東側で長田区に近く、潮風の匂いがした。

〈図書館がある。個人によって設立され、そのひとの私費で運営されている図書館で、青丘文庫（せいきゅう）という〉（「神戸散歩」以下同）

青丘文庫の設立者は、韓晳曦(ハンソッキ)氏。その印象を司馬さんは書いている。

〈小柄なうえに人なつっこい阿波顔(あわがお)で、とても風雪を経たというような感じではなく、坊やに灰色のかつらをかぶらせたような風丰(ふうぼう)である〉

韓国・済州島の生まれで、大正末期に大阪に住み始める。高等小学校を出て働きつつ、苦学して同志社大学神学部に進んだ。戦後はゴム靴などを闇市で売り、東京の浅草で履物問屋を始めている。

ゴム長やゴムの運動靴から、ファッション性もあるビニール靴（ケミカルシューズ）へと移行する時期だった。

韓さんはケミカルシューズ事業で成功を収め、七〇（昭和四十五）年には須磨区に五階建ての工場ビルを建てた。さらに不動産事業にも手を広げるが、一方で、文化事業にも関心を持つようになった。

このときアドバイスをしたのが、朝鮮近代史・思想史の研究家、姜在彦(カンジェオン)さん（八七）。姜さんは元花園大教授で、司馬さんとも交友が深かった。姜さんがいう。

「当時は、若い研究者が朝鮮について調べるとき、どこにどういう本があるかもわからない時代でした。時間をかけ、本を集め、そういう場をつくったらどうかといいましたね」

「青丘文庫」と名付けたのも姜さんである。「青丘」とは、朝鮮の知識人が呼ぶ母国の雅称だという。

　司馬さんはその青丘文庫を見学した。

〈工場のなかを通り、さらに高いビルになっている工場の狭い階段をのぼり、何階かのぼるうちに書庫兼閲覧室に入った。

　蔵書は朝鮮近代史関係が中心で、ほかに『李朝実録』『日省録』『承政院日記』といった近代以前のものもあり、点数はほぼ一万冊である〉

　日本基督教団を母体とする「神戸学生青年センター」の飛田雄一さん（六三）は、以前から青丘文庫で開かれた研究会に参加、韓さんの仕事ぶりをつぶさに見てきた。

「社会事業をしようという志はあってもお金の問題でできなかった方もいます。韓さんは経済と志とのバランスがよかった。良くも悪くもしたたかな方で、先を見る目は確かでしたね。大震災（九五年一月）で長田区一帯は焼け野原になっています。青丘文庫のあった工場ビルも全焼しましたが、本は無事でした。八六年に別の自宅兼用のビルを建て、そこへ本を移動しておいたんです」

　震災後の九六年には本を神戸市立中央図書館に寄贈。翌年には二号館四階に特別コレクション室「青丘文庫」がオープンした。韓さんは九八年に亡くなったが、いまも研究の場を提供しつづけている。

　大震災から十九年が経った。司馬さんは震災直後、「月刊神戸っ子」の依頼を受け、

「世界にただ一つの神戸」という文章を寄せている。神戸を愛する多くの友人たちの顔が浮かんだだろう。

〈家族をなくしたり、家をうしなったり、途方に暮れる状態でありながら、ひとびとは平常の表情をうしなわず、たがいにたすけあい、わずかな救援に、救援者が恥じ入るほどに感謝をする人も多かった〉

自立した神戸市民をたたえ、最後に結んでいる。

〈やさしい心根の上に立った美しい神戸が、世界にただ一つの神戸が、きっとこの灰塵の中からうまれてくる〉

心からのエールだった。

余談の余談④

六甲に抱かれて眠る須田剋太画伯の神戸

山崎幸雄

『街道をゆく』の装画を長く担当した画家、須田剋太さんの墓は阪急夙川(しゅくがわ)駅近くの自宅から数キロ斜面をのぼった甲陽園にある。六甲山系に抱かれるように開かれた明るい墓園。巨大な親指のような墓石の傍らには「八十四年の生涯を眠りに入る」と須田さんの剛毅な書で記されている。

一九七一年に連載が始まったとき、司馬さん四十七歳、須田さんは六十四歳。以後、二十年近く二人の旅がつづくことになった。私が担当編集者になったとき須田さんはすでに七十代だったが、国内外を共に旅してよく食べよくしゃべり、とてもその年齢には思えなかった。

須田さんに接する司馬さんの、年上というより幼子を見守るような眼差しが印象に残っている。

「須田剋太氏は、浮世の人なのかどうか」と司馬さんは書いている。戦後、名声とも金銭とも無縁に絵を描いてきた画伯は、日常生活でも子供のような人だった。おかっぱ頭に、服装はどんな公式な場でもジーンズのつなぎ、その胸ポケットにはスケッチ用の鉛筆と一緒になって黒ずんだアンパンが必ず入っていた。食べるものがなくなったときのため、と須田さんは言う。戦争期の食糧不足の記憶がそうさせたのだろうか。

神戸は須田さんにとっては隣町に散歩に来たようなものだが、人工島のホテルに初めて泊まったと喜んでいた。画伯には六甲山から神戸の夜景を描いた名作があり、この旅では逆に海側の人工島から見た「神戸夜景」が生まれた。

そんな須田さんとの旅の珍談を司馬さんが話してくれたことがある。ある旅で、どうしたわけか須田さんを夫人と間違えられたというのだ。

初対面の相手には、おかっぱ頭に内股で司馬さんの後ろを歩く須田さんが遠目に女性に見えたのかもしれない。「あれにはまいったよ」と司馬さんは苦笑していた。

黒田官兵衛の雌伏　「播州揖保川・室津みち」の世界

官兵衛と司馬さんのスピード

『播磨灘物語』は黒田官兵衛の人生を描く。「官兵衛と英賀城」という文章は、播磨のDNAを持つ司馬さんならではの味がある。

〈先祖は、黒田官兵衛孝高の敵だったはずである〉

司馬さんのご先祖は、官兵衛に対抗して英賀城に籠もった一向宗の門徒だったようだ。

一方、官兵衛はキリスト教に入信している。

〈時代の先端に生きたいという若いかれの気分から入信したのにちがいないが、ひとつには土着の一向宗的なありかたがきらいだったことにもよるかもしれない〉

どうやら官兵衛、司馬さんの先祖とはずいぶん違い、シティーボーイだったようだ。

しかしその人生は華麗なものではない。

荒木村重に幽閉され、片足が不自由になるほどの苦労を重ねてようやく播磨を平定、もらった領地は父祖の地の姫路からは遠い、山崎（現・兵庫県宍粟市）だった。軍師として忙しい官兵衛は、ほとんど山崎にいることがなく、その後、九州に向かっている。

一九七六年の司馬さんも、山崎滞在は短かった。そのあと揖保川を下り、結局一泊二日で連載九回分を書き上げている。「中国大返し」を指揮した官兵衛に負けないスピードだった。

官兵衛の躍進

司馬さんは一九七六（昭和五十一）年三月、「播州揖保川・室津みち」の旅に出た。黒田官兵衛（一五四六〜一六〇四）の生涯を描いた『播磨灘物語』の連載を終えた余韻が残る翌年のことで、合計七人の旅だった。

司馬夫妻と須田剋太画伯、編集部の「Hさん」こと橋本申一さん、ゲストとして歌人の安田章生夫妻が参加した。短歌結社「白珠」を主宰していた安田さんは、『新古今和歌集』などの研究者で、みどりさん（司馬夫人）の大学時代の先生。さらに安田夫人の幸子さんは、女学校時代のみどりさんの先生でもある。

〈ご主人もそうだが、夫人も大変人気のあった先生であったらしい〉（「播州揖保川・室津みち」『街道をゆく9信州佐久平みち、潟のみちほか』以下同）

とある。もう一人のゲストが、司馬家の隣人で、みどりさんの学生時代からの親友、神木淑子さん。神木さんも安田夫妻の教え子で、「白珠」の同人でもあった。神木さんはいう。

「幸子先生はうちでずっと暮らしているのが一番という質の方で、司馬夫妻としては、たまにはあのご夫婦をどこかに連れ出したかった。ちょうど章生先生が西播州のご出身で、いい道連れになると司馬さんは思われ、口説かれたんです。私も説得役の一人でした」

ロッキード事件で世間が大揺れのなか、風雅な一行は播州北部の山崎（現・宍粟市）を訪ねている。

安田さんは西播州を流れる揖保川下流域で生まれ育った。幼稚園は龍野（現・

たつの市）で、小学校は山崎、旧制中学は龍野だった。

〈揖保川の流域を上下し、やがて旧制高校は姫路というふうだったから、官兵衛と同様、きっすいの西播州の人といっていい〉

官兵衛も姫路城主だったが、その城を秀吉に譲り、姫路近郊の国府山城（姫路市飾磨区妻鹿）に移り、その後、一五八〇（天正八）年に山崎で領主となった。

〈播州については『播磨灘物語』を書いているころ、あちこちとあるいた。（略）山崎に行っていないことが絶えず気になっていた〉

山崎はいまの兵庫県の山間部の小さな盆地にある。秀吉は重要な参謀役だった官兵衛を、なぜ一見地味な山崎に置いたのだろうか。

〈因幡（鳥取県）の征服事業のためでもあった〉（『播磨灘物語』）

山崎から北上する因幡街道は鳥取城下へ通じている。秀吉は播州を攻略する一方、鳥取城も長期攻囲し、毛利を追い詰めていた。

〈当時の補給物資は米、みそのほか、鉛、硝石でそれらを詰めた大樽小樽が、この街道を昼夜となく北へ運ばれていたに相違ない〉（「播州揖保川・室津みち」以下同）

兵站を確保する一方で、相手の補給路を断つのが秀吉と官兵衛の流儀でもあった。こうして鳥取城は包囲戦の末に落城している。

もっとも、現代の山崎で官兵衛を感じることはなかなか難しい。

司馬さんは山崎にそれほど長くは滞在せず、安田さんが通った母校の山崎小学校を訪ねたぐらいだった。

江戸時代の山崎城跡に建てられた学校で、わずかに大手門や石垣などが残るが、校舎はすっかり近代的なものに変わっていた。安田さんの記憶の小学校は堀に囲まれていたが、それも埋め立てで消えていた。

「私の子供のころは、水のある景色でした」

という安田さんの言葉を聞き、司馬さんは書いている。

〈幼いころの記憶の景色には原始シャーマニズムのように神の憑り代といった匂いがある。数百年の老樹であったり、山であったり、また池や堀の青みどろの水であったりする〉

憑り代はなく、一行は「赤とんぼ」の故郷、龍野へと向かっている。

司馬さんの旅から三十八年後に山崎を訪ねた。山崎小学校に行くと、子供たちが手荷物をもってカルガモのように列をなし、にぎやかに校門を入っていく。さらに新しいモダンな新校舎への引っ越しのようだ。近くの商店には真新しい旗が翻っていた。

「官兵衛飛躍の地　宍粟」

小学生たちも官兵衛のように飛躍しますように。それにしても大河ドラマの影響はすごい。山崎で官兵衛の旗が立つ時代になるとは、司馬さんも思わなかっただろう。

だいたい少し前まで、姫路でさえ官兵衛はふるわなかった。五年前に取材で訪れたとき、姫路城そばの土産物屋には官兵衛グッズなど皆無だったが、いまは官兵衛一色。携帯ストラップ、Tシャツ、まんじゅう、「かんべえ肉まん」などが並ぶ。

もっとも姫路の心ある人々は官兵衛〝擁立〟に燃えていたようだ。

「播磨の黒田武士顕彰会」が二〇〇六年に発足、官兵衛を支えた栗山善助や母里太兵衛などに扮した武者たちが行進する「黒田二十四騎の里帰りパレード」も始まる。〇八年には官兵衛ゆかりの五市町が集まった「黒田サミット」が開かれ、「大河ドラマを誘致する会」もできて、翌年には姫路市長や顕彰会がNHKに陳情に行っている。

「誘致活動をしたから決まったという訳ではないと思います。だけど、反響は大きかったですね」

というのは、東奔西走した一人、神澤輝和さん（七二）。現在は約三百人の顕彰会の副会長兼事務局長をつとめる。〇三年、姫路市飾磨区妻鹿に兜などの武具や官兵衛の書などの自分のコレクションを無料展示する「播州黒田武士の館」をオープンした。新興住宅街のただなかで、

「われ人に媚びず　富貴を望まず」

と、軒先に官兵衛の言葉を書いた暖簾が下がっている。

「妻鹿はかつて官兵衛の城があり、官兵衛の父、職隆の墓もあります。私の先祖は妻鹿

で漁師をしとったようです。大型タンカーの機器の技術営業をしていましたが、退職金はほとんどつぎ込みましたわ」

地元青年団の文化部長をし、『妻鹿城史』の編集もしてきた。だが、ここまでのめり込んだのは二十八歳、ある人との出会いだった。

「一番の出発点は、黒田家十四代の長禮(ながみち)公にお会いしたことです」

黒田侯爵家の資料を調べるために上京すると、まず「家令(かれい)」が面接することになった。八十余歳の温厚な老人は黒田武士の末裔(まつえい)で、父親は福岡市の市長だったという。

「その方から『お上がご在邸なので面会されますか』といわれ、そのまま赤坂まで行きました」

玄関に入ると、家令が直立不動で最敬礼。慌ててまねすると、長い廊下の奥から着流しの男性がしずしずと出てきた。下から仰ぎ見ると、背の高い老紳士だった。

「遠いところよく来てくれました。妻鹿は黒田の墓があり、世話になっています。今日はゆっくり調べてください」

という言葉を残し、奥へ消えた。

「僕ら一般庶民は、大名家なんてわかりません。家令やお上という言葉は驚きでした。長禮公のお人柄には魅せられました。亡くなられたあとも十五代の長久公、現当主の長高公ともお付き合いさせていただいています」

姫路をアピールするため、エキストラに挑戦したこともある。一一年の新春ワイド時代劇「戦国疾風伝　二人の軍師」（テレビ東京系）で、神澤さんは官兵衛が指揮する小寺軍の百姓役を演じた。

「官兵衛が百姓を動員し、鉦（かね）や太鼓で大軍に見せかけた『英賀（あが）の戦い』の場面ですね。ロケ地の琵琶湖畔の砂地で足を取られながら、鍋を木の棒でたたきながら走りました。終わったかと思うと、明智光秀を討ち倒した『中国大返し』の撮影です。今度は重い鉄砲のレプリカを持って走りました。何度も練習させられ、エキストラはこりごりです」

とはいえ、仲間が官兵衛役の高橋克典にちゃっかり、「姫路に来てください」とアピールしたという。

大河ドラマ決定の発表は一二年十月十日だった。官兵衛の勉強会を開いているさなか、知人から次々と「決まったぞ！」と電話が入ったが、にわかには信じられなかった。

「直前に『明智光秀に決定』という情報も入っていたからです」

戦国時代のような謀略戦である。

「ようやく確信を得たのは、取材を通じて親しくなった神戸新聞の若い記者からの電話ですわ。タイトルを聞いたら、『軍師官兵衛』です、と。そのとき、涙が流れました」

そう語って神澤さんは声を詰まらせた。その瞬間を思い出したか、再び目頭をぬぐっていたのである。

「赤とんぼ」の論争

黒田官兵衛を描いた『播磨灘物語』（一九七三〜七五年）では、長年住み慣れた姫路城を秀吉に譲り、山崎（現・宍粟市）に移る場面がある。

〈このころ播州の村々に梅の木が多かった。官兵衛とその家来、家族たちが、姫路城を空け、揖保川の上流の山崎へ移る途中、街道に沿う村々に梅が咲きかおっていた〉

これに対し、一九七六（昭和五十一）年の「播州揖保川・室津みち」は春三月の旅ながら、ちょっと忙しい。

司馬さんはハードスケジュールのなか、一泊二日で連載九回分を書き上げるため、山崎、龍野と室津（現・たつの市）を駆け足で通り過ぎていく。三月二十二日の正午に東大阪の自宅を出発、龍野には四時過ぎに入っている。この日の宿は室津で、滞在できる時間は二時間ほどでしかない。

しかし車内には龍野をこよなく愛する人がいた。龍野まで約三キロほどになると、その人の気持ちは高ぶり、山を見て震える声でいった。

「ケイロウザンです」

旅の同行者で、歌人の安田章生さんだった。龍野は安田さんが幼少期を過ごした町である。もっとも、司馬さんはこの山を知らず、どんな字ですかと無邪気に聞くと、安田さん、

「鶏籠山です。ニワトリのカゴです」

と、やや憤然としていった。

〈安田氏にとってはこの山に少年の日のすべてが蔵されているのに、私にとっては単に標高二二〇メートルの突兀(とっこつ)とした照葉樹林の高地にすぎず、氏の感動の電流は私には流れにくいのである〉(「播州揖保川・室津みち」以下同)

山崎でのテーマは官兵衛だったが、龍野でのテーマは、「赤とんぼ」で知られる詩人の三木露風(みきろふう)(一八八九〜一九六四)になる。

〈巨大なまりもを置いたような龍野城趾の鶏籠山が近づくと、安田氏の話も、自然、露風におよんだ〉

司馬さんは歌にはそれほど興味のない人だったが、さすがにこの章では「赤とんぼ」に触れている。

〈夕焼、小焼の／あかとんぼ／負はれて見たのは／いつの日か。〉

露風が「赤とんぼ」を創作したのは一九二一(大正十)年で、この時期に龍野に住ん

でいた安田さんは思い出を司馬さんに語っている。

「龍野の町の道というのはこわいほどに静かでした。幼稚園のとき、真夏の昼ごろに寺のあるせまい道をひとり歩いていて、町に人気というものが絶えたかと思うほどに明るくて重い静かさを、子供心に異様に感じたことがあります」

安田さんが過ごしたのは四歳秋から八歳春までのことだった。

「樽(たる)を叩く音と琴の音とがふしぎに調和していて、それが龍野の静かさの象徴のような感じでしたし、私の音感に作用してくれた最初の音楽だったのかもしれません」

龍野は脇坂氏五万三千石の城下町になる。藩祖の脇坂安治は豊臣秀吉に引き立てられ、「賤(しず)ケ岳(たけ)七本槍」の一人になった。

しぶとく江戸時代を生き抜いた脇坂藩で、三木露風の祖父は奉行職をつとめ、漢学の造詣も深かった。

実母のかたも因幡鳥取藩の家老の娘で、聡明な女性だったという。露風の自叙伝『我が歩める道』には、

「私が文学に親しんだ初めは、五歳の頃、母が家庭読本を読んで聞かせて呉れた時で、其印象が今に残つてゐる」

とある。

しかし、父の節次郎が遊び人だったようで、七歳のときに両親が離婚している。母は

乳児の弟を抱いて鳥取の実家へ戻っていった。

〈夕やけ小やけの／赤とんぼ／とまつてゐるよ／竿の先。〉

露風は十四歳のとき、

「赤とんぼ　とまつてゐるよ　竿の先」

という俳句を詠んでいる。少年時代の習作のような句だが、これが三十三歳のときに作った「赤とんぼ」の末尾に使われている。

〈おそらく露風は句の巧拙などしんしゃくするゆとりもなく少年の日のこの情景を愛していたのであろう。あるいは、少年期よりもっと以前の生別した生母に負われて見た日の情景だったのかもしれない〉

司馬さんの旅から三十八年後、龍野で近大姫路大教授の和田典子さんに会った。和田さんの著書『三木露風　赤とんぼの情景』（神戸新聞総合出版センター）には、龍野が生き生きと紹介されている。

〈築地と白壁が夕日を映す時、タイム・スリップしたように、かつて露風少年が駆け廻った風景を見せてくれる。町の随所に、露風の作品にある情景が息づいている〉

和田さんと静かな龍野を歩いた。

「龍野はいまでも琴の先生は多いんですよ。露風が育った祖父の制（すさむ）の屋敷にも、後年お琴の先生が住まわれていて、尺八をしていた私の義父も招かれて合奏をしたことがあったそうです」

露風が好んだ羊羹屋、通った本屋は当時のままの雰囲気で残る。

賑やかだったのは、露風も通った龍野小学校くらいだろうか。

「露風が通った龍野幼稚園も同じ敷地にありました。兵庫県で最初に建てられた幼稚園です。当時の幼稚園建設費は保護者の負担でしたから、いかに龍野の町が教育熱心で資産家も多かったかがうかがえますね」

龍野の名家では「姐や」がいることが多く、子守をしたり、幼稚園の送り迎えをしたりする風習があった。露風もこの子守姐やによくなつき、とくに母が実家に帰った後は母代わりに頼っていた。しかし、その姐やも十五歳で姿を消した。

〈十五で姐やは／嫁に行き／お里のたよりも／絶えはてた。〉

和田さんはいう。

「『負われて論争』というのがあったんです。露風をおぶっていたのはお母さんなのか、子守姐やなのか」

露風の親友、有本芳水が「お母さん説」で、常々母に対する思いを聞いていた。一方、研究者の家森長治郎は龍野の風習から「姐や」説を主張し、長く議論が続いたという。

「結局、姐やに負われていたと書かれた露風の文章が見つかり、平成二年に論争は決着したわけです。その後、『赤とんぼ』の主題は家森氏の解釈に従って『姐やへの思慕の情』ということになっていたのですが、やはりしっくりこない。露風は『童謡は詩である』と明言していた人なんですね。露風は象徴詩人ですから、『赤とんぼ』も象徴詩と考えたとき、思い出のひとつひとつの場面から、お母さんへの想いが伝わってくる。母という字を一切使わず、母恋いの心情を歌った露風の最高傑作だと、私は思います」

和田さんと聚遠亭にも行った。

龍野藩の九代藩主の上屋敷跡だった公園で、紅葉の名所としても知られる。日本庭園が広がり、数寄屋風の茶室が池に浮かぶように立つ。その池のほとりで突然、和田さんが手をたたいた。ゆるゆると鯉が集まる。

「露風もここで鯉に麩をやったと書いています。また幼いころ、池にかかっていた古い橋を母と渡ったときを思い出しながら『古橋』という詩も書いています」

お母さん一辺倒のようだが、一九四〇（昭和十五）年建立の、代表作「ふるさとの」の詩碑もある。

露風は龍野中学に首席で合格するものの、文学に熱中しすぎて学力低下。岡山県の閑谷黌に転校するが翌年すぐに中退している。黒髪の美しい少し年上の女性に恋をし、父親や祖父に仲を引き裂かれたことが原因らしい。閑谷を去る記念に詩歌集を上梓し、文学で身をたてるために東京に出て、十九歳で「ふるさとの」を詠んだといわれる。

〈ふるさとの／小野の木立に／笛の音の／うるむ月夜や。

少女子（をとめご）は／熱きこゝろに／そをば聞き／涙ながしき。
十年（とゝせ）経ぬ、／おなじ心に／君泣くや／母となりても。〉

「笛が得意だった露風は、彼女にも吹いて聞かせたようです。十年経って母となっても初恋のときのような熱い心で笛の音を聞き、涙してくれるのだろうかと書いています。このころすでにかつての恋人は結婚し、男の子を産んでいて、それを聞いて作った悲しい詩ですね」

露風はそれほどハンサムだったわけではないそうだ。

「子どものときのあだ名がガマガエル（笑）。長じてからのあだ名はライオンです。でも素敵な奥さんをもらいました。文学一筋に精進する露風を『大きな子ども』として、私が見放すと彼は生きていけないといって支え続けました」

取材を終えた午後五時、龍野の町に「赤とんぼ」が流れていた。

夢二の宿、友君の寺

一泊二日の強行軍で、司馬さんは兵庫県西部、播州の町々を描いていく。一九七六(昭和五十一)年三月二十二日のことで、夕方に龍野を出た司馬さんは午後六時過ぎに室津(現・たつの市)の宿に入っている。古くからの港町として知られる室津だが、宿は新築だった。古寂びた風情を期待していたのでやや肩透かしだったが、司馬さんの気分はすぐ変わる。


〈部屋に入ると、この宿に感謝する気持になった。

アルミ窓枠のガラスいっぱいに室津港が見おろせるし、(略)今宵は、この窓から日没で翳の移ろってゆく入江を眺めているほうがよさそうに思えた〉(「播州揖保川・室津みち」以下同)

室津湾の夕暮れは美しい。

湾口を西に開き、三方をかこむ山壁が風浪を防いでいる。古くは遣唐使船や平家の船団、室町期には遣明船が風待ちをし、江戸期には参勤交代の寄港地となった。

〈この地勢を見ていると、奈良朝以来、幕末まで名津といわれてきたことがうなずける思いがする〉

新鮮な魚の並ぶ席では、友人たちの「花」談議を堪能した。装画の須田剋太画伯は「椿」を語り続ける。

〈ポケットからいきなりツバキの花を三個ほどとり出して、私どもを驚かした〉

まるでマジシャンのようだが、椿がいかに造形的にも色彩的にも優れているかを力説したそうだ。

やはり同行の歌人の安田章生さんは桜を語った。「洛北諸道」に登場する常照皇寺(京都市右京区)のしだれ桜、さらには山桜を語った。

〈安田氏は花の話に熱中した。(略)室津という豪華としか言いようのない歴史のなかで桜の花がいかに美しいかということをきいていると、自分だけがこの世でもっとも贅沢な時間の中にいるという感じがした〉

贅沢な時間を提供した割烹旅館「きむらや」は、司馬さんが訪ねてから三十八年後のいまも健在だった。四代目の主人、木村剛さん(七六)がいう。

「司馬先生の奥さんもご一緒で、奥さんから、『あの人は普段はあまり魚は食べないけど、魚がおいしいねといってましたよ』といっていただきました。やはりここは魚が自慢で、私が子どものころにはベラやらキスやらは目の前を泳ぎまわってましたね。いまはカキが有名で、あちこちにカキ御殿もあります」

司馬さんが「室津千軒」と書いた色紙がいまも帳場横の壁にある。さらに近くに一幅の小さな絵があり、美しい女性が描かれている。

「竹久夢二がうちに泊まり、私の母のとくをモデルに描いた版画です」

背景は宿から見下ろした港だろうか。ほっそりとした和服の女性が欄干（らんかん）にもたれている。

妻の玲子さん（七四）もいう。

「お義母さんは小柄でほんまにきれいでしたよ。司馬先生も行かれた賀茂神社の娘さんと二人、『室津小町』といわれたそうです」

夢二が宿を訪れたのは一九一七（大正六）年。三十二歳で、まだ幼い次男を連れ、行李（こうり）ひとつの旅だった。妻と別れ、夢二が二十代の画学生の彦乃と恋に落ちたころである。

「母にもちょうど同じ年ごろの子、私の兄がいて、遊び相手にもなったようで、夢二さんは一カ月ほども滞在されてます。ただし、ぱりっとした格好でもないし、有名な画家とは知りませんでした。ほかにも何枚か絵をもらったけど、襖（ふすま）の下張りにしてしまったそうです。母はあとになって、夢二さんに描いてもらったことを自慢していましたけどね」

とくさんは夢二に描かれただけでなく、それから半世紀後に池波正太郎さんにも書かれている。

週刊朝日に連載した「食卓の情景」で、池波さんは室津を訪ねた。大忙しで車で回る司馬さんに対し、池波さんは滞在先の赤穂市で漁船を借り切り、漁師と冷酒を酌み交わしつつ室津に来た。「きむらや」でタコの酢の物で飲みつつ、名物の穴子丼を待っていたようだ。

「ややあって、幼女のごとくあどけない老婆が、穴子の丼をはこんで、よちよちとあらわれた。（略）こんなときは、もうすっかりうれしくなってしまって、この老婆手製の穴子丼のうまさが忘れられなくなる」

と池波さんは書いている。とくさんはかわいらしいおばあちゃんとして、池波作品にいまも残っている。

三十八年前に戻ると、司馬さんは次の日、遊女屋の跡や本陣跡を見て歩き、さらには賀茂神社も訪ねたあと、法然ゆかりの寺に行った。

〈この町特有の狭い坂をのぼり、このあたりの地形ではその頂上にあるかのような浄土宗・浄運寺の石段を登った〉

小ぶりな山門から見下ろすと、瀬戸内海が広がっている。本堂や観音堂がほどよく配置された境内に入ると、老婦人によちよち歩きの赤ん坊が説教されていた。

「ただの草ならね、抜いてもいいの。この草はね、だめなの。そのわけはね、おじいさまがね、わざわざ植えられて可愛がっておられるから抜いてはだめなの」

お孫さんはどうやら大事な植え草を抜いてしまったようだ。

〈坊やは、おむつを締めてがにまたで立っている。どの程度理解できているのかわからないが、ともかくもお祖母さんの説諭をおとなしく聞いていて、そのあたりがいかにも聞法第一の浄土念仏の寺らしくていい〉

その坊や、大林敬明さんは三十九歳になり、いま副住職である。

「見事な白髪の司馬さんと、祖母に叱られたことは覚えています。本を読まれた方には、いつまでたっても『がにまた坊や』ですね（笑）」

司馬さん一行を案内したのは住職の大林敬正さん（七一）だった。

「まだ教師をしていたころで、前もって連絡があり、あわてて年休を取って帰ったのを覚えています」

大林住職は、司馬さんも座った、庭の見える部屋に案内してくれた。

「司馬さんがいらっしゃったとき、ちょうど庭の木瓜（ぼけ）の花が赤く咲いていました。芳名帳をお渡しすると、さらさらとお書きになりました。『友君（ともぎみ）の　不断念佛　木瓜の花』。この寺は、法然上人とゆかりの深かった友君の菩提を弔い続けてきた寺でもあります」

浄土宗の開祖、法然（一一三三～一二一二）は晩年、不運な事情で四国に流されてしまう。

〈船がこの室津に寄った。そのときこの室津で「友君」とよばれていた評判の遊女が法然を慕って帰依したことで、この寺は有名になった〉

友君は木曽義仲の第三夫人だった山吹御前だといわれる。

「義仲が京を追われ、山吹御前は室津でご出産されますが、その子はすぐに亡くなってしまう。義仲の戦死も伝え聞き、世をはかなんだ山吹御前は遊女に身を落とされた。身分の高い客の接待をしていたとはいえ、罪深い思いを抱えていたでしょう」

しかし、「友君」は法然との出会いによって救われる。

「当時の法然さんは仏教界の大スターですね。友君は京都時代から憧れの思いを持っていたのかもしれません。どうやったら往生できるでしょうかと聞き、感銘を受けて髪をおろし、念仏三昧の生活を送って往生した。赦免(しやめん)された法然が帰途に立ち寄ったとき、友君の死を聞いて、仏師に友君の座像を刻ませています」

座像はいまも本堂にある。

「厨子(ずし)の裏書きには江戸時代の文化十三年の年号と、三十六名の遊女の名前があります。このころの遊女は身売りされたり、騙されたりした哀しい運命を背負った女性たちです。友君にすがったのかもしれません」

ちなみに一八五〇（嘉永三）年に出された「諸国遊所競」という花街の番付表がある。江戸吉原が行司で、大関には京都島原と大坂新町、その前頭八枚目に「室之津」がある。

「ここは『お夏清十郎』にもかかわりがあるんです。なぜか、色っぽい話ばかりですね」

井原西鶴の「好色五人女」に登場する清十郎は、室津の造り酒屋の御曹司。遊蕩がすぎて姫路の米問屋に奉公に出て、主人の娘のお夏と恋に落ちる。しかし二人は引き離され、悲しい最期をたどる。浄運寺ではお夏の弔いもしたとされている。

〈室津のさびれは、急変することがない。淀みの水がわずかに動く程度のゆるやかさでもって、この町は時間というおそろしいものに対し、懸命に踏みこたえているようにも思える〉

と、司馬さんは書く。

「室津にいると、自然と栄枯盛衰を思わざるをえませんね」

と、住職がいっていた。

官兵衛の成功と失敗　「中津・宇佐のみち」の世界

戦国〝マッカーサー〟の孤独

黒田官兵衛は九州攻めの功績を認められ、豊前六郡、約十二万石の領主となる。しかしそのために、前の領主だった宇都宮氏との死闘を繰り広げることになった。結局、宇都宮氏を力ずくで滅ぼし、地元に恨みが残った。

恨みはつづくものである。以前に取材をしたとき（二〇〇九年）、官兵衛の人気のなさに驚いたことがある。このとき、NHK大河ドラマを誘致すべく発足した「豊前国中津黒田武士顕彰会」の皆さんにも会ったが、

「この不人気では、大河は無理だなあ」

と思った。ところが見事に一四年の大河の舞台となるのだから、世の中はわからない。顕彰会の皆さんの喜びは後述のとおりである。

もっとも中津で人気者になったかといえば、それはわからない。官兵衛を苦しめた宇都宮鎮房のマンガ本がいたるところで売られているぐらいで、まだまだ宇都宮氏の勢力は健在とみた。

結局、秀吉と官兵衛はマッカーサーのように九州の大名に君臨した。苦労するのが当たり前だろう。

戦国の倫理と悪

司馬さんもおなかはすく。以前に大分県中津市を訪ねたとき、ホテルで寝すごし、朝食をとるため中津駅前に行った。しかし、ほどよい店がなく、饅頭(まんじゅう)屋があったそうだ。

〈しかし朝っぱらから饅頭を食うのもどうだろうと思い、もう一度そのあたりを見わたすと、いまはやりのアメリカ式のファスト・フード店があった〉(「中津・宇佐のみち」『街道をゆく34大徳寺散歩、中津・宇佐のみち』以下同)

入ると、ドーナツ専門店だった。店内はまるで女子高のようで、司馬さん、さぞかし目立っただろう。

「じゃ、ドーナツ」

と、叫んだ。

〈頬ばったとき、小学生のとき食ったきりだったかな、幼稚園だったかな、と考えたりした〉

店を出てしばらく歩くと、ビルの屋上に銅像があった。

〈ビルの屋上に、着流しの福沢諭吉がたかだかと立っている。（略）おかげで中津が福沢諭吉の町であることがわかる〉

　こうして饅頭、ドーナツ、福澤諭吉が司馬さんの中津三点セットとなったようだ。一九八九（平成元）年の「中津・宇佐のみち」で再訪したときも、駅前を散歩している。〈なつかしのファスト・フードの店を見、饅頭屋をのぞき、さらに福沢さんを仰いでようやく中津にきた、という思いがふかぶかとした〉

　さらに二十五年後の中津を訪ねた。

　司馬さんが見た「諭吉像」がホテルの屋上で腕組みをしている。ただし、心なしか小さく見えた。

　駅前スーパーの壁に巨大な黒田官兵衛（孝高、如水＝一五四六～一六〇四）の絵が描かれ、さらに壁に、

「中津で天下の夢を見た」

と、大書されているためだろう。

　駅前や商店街も官兵衛一色で、のぼりがはためいている。NHK大河ドラマ「軍師官兵衛」の勢いは中津も席巻している。

　諭吉より官兵衛という中津のムードに目を細める人物に会った。

「豊前国中津黒田武士顕彰会」事務局長の松本達雄さん（六六）である。

「大河ドラマに来てもらおうと、ずっと活動を続けてきました。大河ドラマが来てない県は、私が調べたところ全国で三県だけ。大分がそうだったんです。どれだけ経済効果があるのか、中津はもちろん大分の人も知らなかったですね」

松本さんは県内に「ベルリンメガネ」など六店舗を経営する。もともとは別府出身で、中津の官兵衛については、それほど知らなかった。

「ライオンズクラブの余興で黒田節を踊ったんですよ。そのとき、官兵衛が中津城の初代城主だと知りました。興味を持ち、司馬さんの『播磨灘(はりまなだ)物語』を読み、すごい武将だということがわかった。中津の人にさらに官兵衛を知ってもらうため、大河ドラマを狙って顕彰会を立ち上げたのが九年前。いま動けるメンバーは二十人ぐらいかな。最近の活動としては『軍師官兵衛』という舞踊曲を新たに作り、みんなで機会を見つけて踊っています」

官兵衛の出生地、兵庫県姫路市などによる「黒田サミット」に参加、作家の童門冬二氏や火坂雅志氏、NHK大河ドラマのプロデューサーを招いた講演会も開催してきた。中津城の石垣前の官兵衛像も顕彰会が造っている。

「ただ、最初は大河ドラマといっても白い目で見られました。中津ではあまり官兵衛は人気がない。それどころか嫌っている人もいて、『何で中津の敵を応援するんだ』と店に匿名電話もありました」

司馬さんは「中津・宇佐のみち」で書いている。

〈如水は、渾身、知恵で詰まっていた。

それに、慈悲心がつよく、家臣の教育にも心掛けた。その家来たちが〝黒田武士〟とよばれるほどに独特の気風をもつ集団になったのは、かれの薫陶による〉

筆頭家老の栗山善助、二番家老の井上九郎右衛門、「黒田武士」と謳われた母里太兵衛、そして後藤又兵衛など、薫陶を受けた家臣は人材豊富だった。さらには軍師仲間の竹中半兵衛とも、深い友情で結ばれていた。

〈倫理性が高く、同僚を誹謗したり、おとしいれたりしたことはなく、また戦場にあっては大局をおさえこんで無用の殺傷をきらった〉

こんないい男はいないという感じだが、やはり戦国時代である。

〈そういう男が、豊前にやってきて、生涯の汚点ともいうべき謀殺をしている〉

官兵衛が秀吉による九州平定の論功行賞で、豊前（福岡県東部と大分県北部）十二万石に封じられたのは一五八七（天正十五）年。しかしマッカーサーのようにやってきた官兵衛を豊前の国人・地侍たちは歓迎せず、各地で反乱が起きている。

なかでも最大の不満分子は宇都宮氏だった。四百年前からの豊前の領主で、しかも善政を行ってきたようだった。官兵衛が対峙したのは宇都宮鎮房で、官兵衛より十歳年上である。

〈とほうもなく大男で、鹿の角でもひきさくような力があったという。
海山にあふれる秀吉の大軍をみて、
「上方の成りあがり者めが」
という気分もあったろう〉

宇都宮鎮房といっても全国的には知られていないが、中津では、『黒田官兵衛と宇都宮鎮房』（梓書院）というマンガ本があちこちで売られている。

鎮房は秀吉に一時は従ったが、やがて武力抵抗を決めた。黒田家とは血みどろの抗争に突入する。

鎮房は豊前の城井谷（福岡県築上町）を本拠地にしていた。険しい山々に囲まれた要塞を、官兵衛の子、長政が力攻めをして大敗したこともあった。

難敵の対処につき、官兵衛は秀吉と相談を重ねたようだ。

〈このとき調略によって鎮房を謀殺するという話がきまったらしい〉

いったん両家は和睦している。長政には蜂須賀氏の正夫人がいたが、鎮房の娘、鶴姫を嫁に迎えたという説もある。

その後、秀吉の命を受け、長政が鎮房を中津城内の館に招いた。官兵衛は不在である。

〈武士は嘘をつかない、というのが鎌倉以来の風で、古い家系にうまれた鎮房はそのように信じて生きてきたようである〉

しかし相手は秀吉であり、官兵衛であり、報復に燃える長政だった。

「長政が『肴(さかな)を』と発するのが暗殺の合図でした。家臣が酒や肴を載せた三方を鎮房に投げつけ、その直後に斬り殺してしまう。その後宇都宮一族はほぼ滅びます。ただし、家臣の子孫が豊前にはたくさん残り、黒田家は『悪』となった。官兵衛の生涯の九九パーセントは偉業ですが、一パーセントの汚点が中津での謀殺です。秀吉の命令もあったんですよ。反乱を早く鎮圧できなければ、肥後（熊本）で失敗した佐々成政のように切腹ですから」

松本さんに連れられ、中津の寿司屋に行った。顕彰会会長の小野眞六さん（六九）が待っていた。

「われわれは鎮房さんの法要には毎年欠かさず行っていますが、中津では『反黒田』がいまだに強い。これは仕方ありません。だけど、官兵衛の活動ではいい夢を見させてもらいました。大河ドラマに決まった夜は、みんなで集まり、何度も乾杯しながら号泣しました」

会長の小野さんが秀吉で、松本さんが官兵衛のようである。松本さんは文献にのこる官兵衛にかかわる食材も見つけている。

「徳川家康の記録書『武徳編年集成』に、官兵衛が小田原城に単身乗り込んだ際、『美酒二樽と粕漬けの鯆(ほうぼう)を十四』持っていったと書かれてあります。北条一族を説得するときの話ですから、なんとかほうぼうを名物にしたいと思って、この店にもすすめているんです」

「ほうぼうの粕漬け」を巻物にしたのが「官兵衛巻き」だという。

「新八寿司」の主人、北徹也さん（四五）は顕彰会の武者行列に駆り出されることもあり、なじみが深い。

「じゃ、官兵衛巻きを」

と、注文すると、北さんは、

「ほうぼうは焼いたり煮たり、刺し身にするほうがおいしいんです。いろいろやりましたけど、巻物には向かないようですね」

と、あまり作りたくない感じ。寿司職人のプライドが許さないようだ。しかも北さんは中津出身である。

「中津の子どもは小さいときから、宇都宮の家来が殺された合元寺（こうがんじ）に行きますし、お客様にも宇都宮家の子孫の方もいますし、結婚五十周年の金婚式記念で出版された鎮房の本も読んだことがありますしね」

ほうぼうに気を使っていた。

故郷の母

黒田官兵衛（如水）の生涯は波乱に満ちている。若き日には荒木村重（あらきむらしげ）の反乱のために約一年幽閉され、九死に一生を得た（一五七九年）。晩年には天下を夢見たか、関ケ原の合戦（一六〇〇年）の長期戦を予想して挙兵、短時間で九州を席巻している。〈上方における石田三成の挙兵を知ったとき、はじめて自分の才を自分のために用いようとした。が、花火のようにはかなくおわった〉（「中津・宇佐のみち」以下同）

家康の素早い勝利を知ると、兵を引いている。出処進退の鮮やかさは比類がない。ただし、中津ではかなり手荒なことをした。豊前約十二万石の大名になったが（一五八七年）、旧来の豊前領主、宇都宮鎮房の反乱には手を焼き、和睦をしたうえで謀殺している。鎮房の死を知った家臣たちは城下で奮戦、寺町の浄土宗合元寺までたどり着き、さらに戦って壮絶な最期を遂げる。

「以来、門前および堂内の白壁は幾度塗りかえても、血がにじんで赤く染まるので、ついに『赤壁』にしてしまったといわれる」

と、合元寺の由来書きにある。

いまも合元寺は異彩を放つ。

〈建物の塗も、練塀も赤い。

「赤壁」

というのは一般的に印象的なもので、中国の宋・元のころの寺に多く、江戸期の長崎でたてられた中国ふうの寺も、赤壁である〉

司馬さんは、戦国の昔がよみがえるようにも記している。

〈境内に入ると、せまい敷地に建物が多く、いずれもがずっしりと瓦屋根を冠っていて、鎧武者がひしめいているようでもある〉

「中津・宇佐のみち」の取材で合元寺を司馬さんが訪ねたのは一九八九（平成元）年。当時は静寂につつまれていたため、「鎧武者がひしめく」雰囲気も感じたのだろう。

二十五年後のいまは観光客がひしめいている。住職の村上鉄瑞さん（七〇）はいう。

「『軍師官兵衛』のおかげで、土、日はもっとすごい。私が法衣を着て庭に入ると、境内いっぱいにおられた人たちが『住職や』と、すうっと道を開けてくれますな」

まるで映画「十戒」の一場面のようでもある。

モーゼならぬ村上住職は若いころ、「中津・宇佐のみち」の一場面に登場している。

〈寺の若い跡とりらしい人が作務衣姿で通りかかって、私に浄土念仏の主唱者だった法

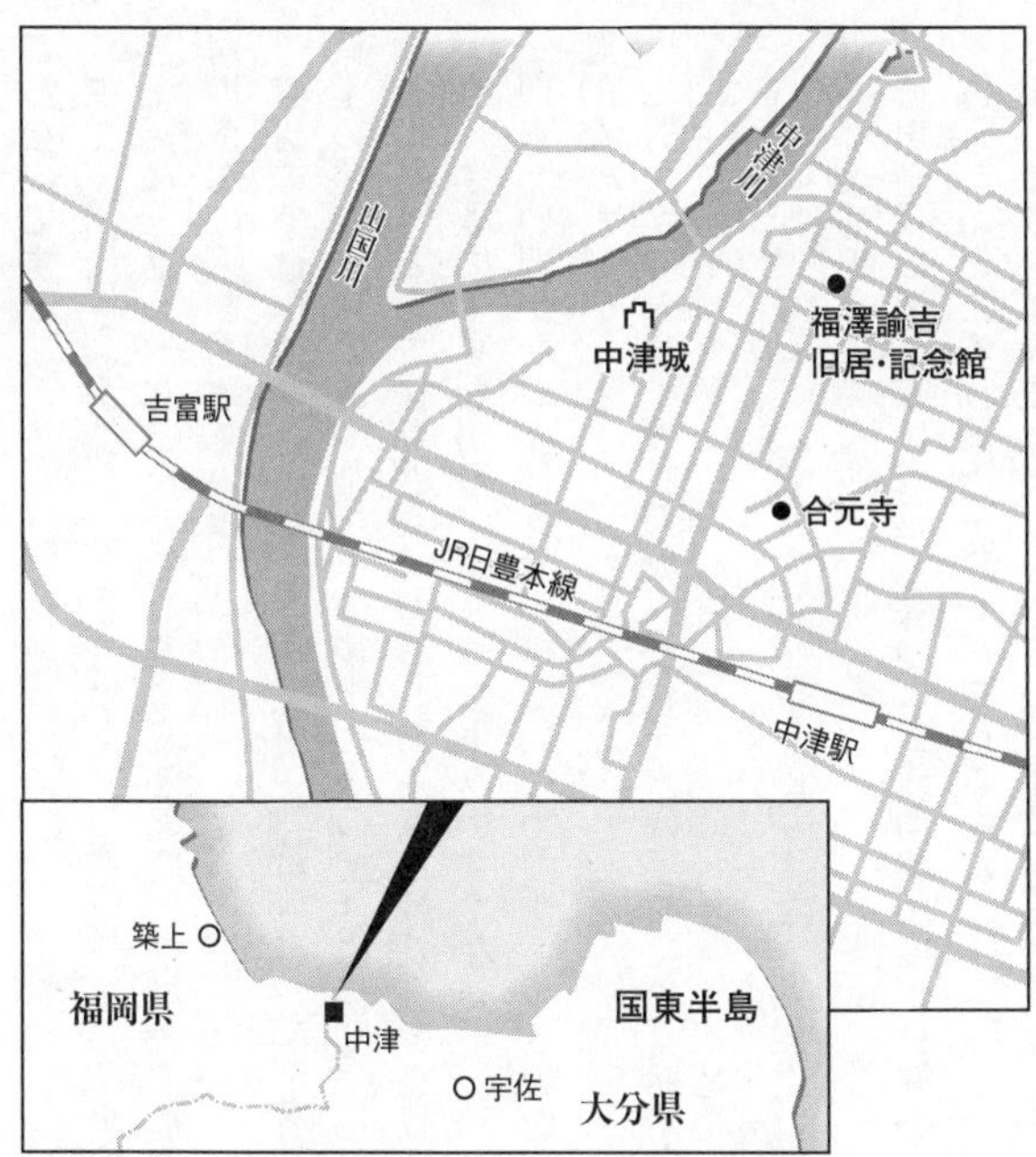

然上人のことをみじかく言った〉

村上住職は積極的な司馬ファンでもあり、法然上人の小説を書いてほしいと伝えたという。

「司馬先生は笑っておられましたが、あとでお手紙をいただきました。画家のゴッホやゴーギャンの激しい生涯は小説や映画になりますが、円満な生涯を終えた画家のルーベンスはなりません。それと同じように親鸞さんの激しい生涯はなるけど、円満な法然さんではなりません。そこがいいところなのですと」

さて、「中津・宇佐のみち」ではもう一人のビッグネームを取り上げている。福澤諭吉（一八三五～一九〇一）である。慶應義塾の創設者、福澤諭吉の中津時代について、司馬さんは筆を進めている。

諭吉の家は中津藩奥平家の十三石二人扶持だった。家は城から離れた東方の、下級武士の住む一角にあった。その後十七歳のときに移り住んだ母の実家が、現在も「福澤諭吉旧居」として保存されている。司馬さんは八畳と三畳三間の家の印象を記している。

〈わらぶきの平家ながら、おもったより小さくない。

門らしい門がないのは身分がひくいためだが、小さいながら土蔵が一棟あるのが、感動的だった〉

二男三女の末っ子で、大坂生まれ。一歳半で父の百助が早世し、母のお順と中津に戻っている。

〈八畳の座敷を見ているうちに、少年の諭吉と、八歳上だった兄の三之助とのやりとりが思いだされてくる〉

徳川譜代の奥平家は、幕末なのに封建門閥制度が色濃かった。謹直な兄が友人と不平を漏らしたところ、諭吉少年が口をはさんだ。

「よしなさい、馬鹿々々しい。この中津にいる限りは、そんな愚論をしても役に立つものでない。不平があれば出てしまうがよい、出なければ不平をいわぬがよい」と、『福翁自伝』にある。

〈後年、かれが『学問のすゝめ』の冒頭に「天は人の上に人を造らず、人の下に人を造らず」と書いたのは、万感がこめられているといっていい。（略）かれが天成、独立自尊の性格だったことを思わせる〉

貧しい役人でありながら、千五百冊もの蔵書をもつ漢学者だった父と、おおらかな母のDNAが諭吉に受け継がれている。「福澤旧邸保存会」書記の浅原由紀子さんはいう。

「学問を始めたのは人より遅くて十四、十五歳ですが、あっというまに難しい『春秋左氏伝』を通読して覚えてしまい、数年で先生の代理を務めました。後年に適塾でわずか三年で塾頭になったり、短期間で英語をマスターしてしまう方ですからね。一方、お母さんのお順は優しい人で、近所の貧しい女の人のシラミを定期的にとってあげ、それがすむと握り飯を作ってあげた。諭吉はというと、シラミを石の上でつぶし、母の手伝いをしていました。その振る舞いに影響を受けたでしょう」

司馬さんもこの逸話に触れ、お順について書いている。

〈お順は大上段（だいじょうだん）に平等論をぶったことはないが、頭から人は平等だとおもっている人だった〉

お順は一八七〇（明治三）年、諭吉に迎えられて上京する。

諭吉は一八六〇年、咸臨丸でアメリカに渡り、二年後には遣欧使節団に随行してヨーロッパを歩いた。その後に出版した『西洋事情』は新しい時代の必読書となり、諭吉はすっかり時の人だったことになる。

「しかし、西洋文明を日本にもたらす担い手となった諭吉を快く思わない人も中津にはいました。すぐ近所に住む、またいとこの増田宋太郎は十三歳ほど年下で、尊王攘夷の知識人でした。母を迎えるために帰省した諭吉を狙い、旧居の縁の下に隠れていたそうです」

しかし、縁の下は浅く、外から丸見えである。夜の闇に隠れていたとしてもかなり目立っただろう。

「縁の下は本当はどうだったのかわかりませんが、大酒飲みの諭吉が親戚と朝まで酒を飲み、宋太郎は暗殺の機会を逃したといわれています」

増田はその後、いちどは西洋の学問に心が動いたのか、短期間だが慶應義塾で学んでいる。

しかし、最後に心酔したのは西郷隆盛だった。

西南戦争に「中津隊」を率いて従軍。『翔ぶが如く』には、増田が「人民天賦の権利を回復し」と檄(げき)を飛ばし、農民や下級武士など百人ほどが集まる場面がある。

〈福沢仕込みの英国風の天賦人権論は増田の脳裏にあったに相違なく、この点、士族の

〈権益の回復をねがうエネルギーとは別趣の思想をもっていたといっていい〉

増田は二十九歳の若さで戦死する。

いちどは暗殺されかけた諭吉だが、彼の行動と人柄を評価したという。

「諭吉は誤解を受けやすい人だと思います。『嘘をゆう吉、ほらを吹くざわ』などともいわれていました。しかしながら、あらゆる分野で先駆者でした。中津の景勝地である耶馬渓(やばけい)は明治後に売りに出されていましたが、自分で土地を買って守っています。環境保護運動の先駆けですね。中津では洋学校をつくったりもしています」

諭吉といえば一万円札だろう。

旧居に隣接する「福澤記念館」の一階には一万円札の「B1号券」が展示されていた。

「聖徳太子に代わって初めて諭吉が登場したのが一九八四年です。二〇〇四年の変更のときにも一万円札だけが同じで、歴代在籍は一位。今年（一四年）の十一月一日で三十周年を迎えます。1号券の価値は相当だそうですよ」

『福翁自伝』に、兄に将来は何になりたいかと聞かれ、

「さようさ、まず日本一の大金持になって思うさま金を使うてみようと思います」

と答えて、叱られたとある。

さすがの諭吉も、高額なお札そのものになるとは思いもしなかっただろう。

三角池の池守

「中津・宇佐のみち」の取材（一九八九年）で、司馬さんは旧友と会っている。大分空港で出迎えてくれた西野堯さんで、二人が知り合ったのは旧満州時代になる。

西野さんは陸軍士官学校を出て、陸軍戦車第一連隊第五中隊の中隊長となった。司馬さんはその小隊長であり、西野さんは上官にあたる。

〈このひとは戦車二十輛の長で、私はその下で四輛をうけもっていた。私のほうは生来のボンクラだから、ずいぶん迷惑をかけ、いまでも胸がいたい〉（「中津・宇佐のみち」以下同）

司馬さんの謙遜か、本当に役に立たなかったのか。ただし、風流な小隊長だったようだ。

西野さんが思い出話をしてくれたことがある。

「軍隊にいたころ、福田定一（司馬さんの本名）小隊長は毎朝のように漢詩をつくって、僕に見せてくれました。良いものもありましたね。彼が司馬遼太郎になるなら、あれ、取っておいたんだけどね」

　西野さんについて、司馬さんは書き添えている。

〈どうして軍人になったのだろうと思えるほどに本質的な平和主義者で、（略）うまれついての合理主義思想のもちぬしだった〉

　戦後は薬学の研究者として再出発し、引退後は中津で過ごしていたため、案内役を買って出てくれた。

　八九年の旅ではまず、空港から車が走りだすと、西野大尉がきいた。

「まずどこを見たいんです」

「中津の薦（こも）八幡です」

〈「それは、薦神社でしょう」

というぐあいに、この人は厳密である〉

　旅の重要なテーマは「八幡神」。

　全国約十一万の神社のうち、八幡宮が最多の約四万社になる。司馬さんは、よくこんな話をしていた。

「京都に石清水（いわしみず）八幡宮があるでしょう。その八幡様が鎌倉に勧請（かんじょう）されて、鎌倉の鶴岡八幡宮ができた。では石清水八幡宮がどこから来たかというと、大分県にある宇佐八幡宮から来ているんだ」

さらに八幡総本宮宇佐神宮にも祖宮があって、それが中津郊外にある「薦神社」だといわれている。

薦神社に社殿が造られた時期は承和年中（八三四～八四八）で、神社史では最古に属する。その一世紀ほど前に日向（現・宮崎県）・大隅（現・鹿児島県）で反乱を起こした隼人に対し、朝廷は八幡神を奉じて鎮圧した。

その際に、神輿にのせられた「御神体（御験）」が水草の真薦で作った薦枕だった。枕が剽悍な隼人を撃退したとすれば、のどかな感じでもある。その功績をたたえて宇佐神宮ができたというから、マコモは重要である。

そのマコモは薦神社の三角池に自生する。

司馬さんは西野さんに問うた。

「薦神社の御神体は、池だそうですね」

「三角池ですね」

薦神社に社殿が造られたころ、社殿を「外宮」、三角池を「内宮」としたようだった。

司馬さんはその池を見に行きたかったのである。

〈目の前に大きく池がひろがっている。神格のようにも、人格のようにもうけとれる。もしこの池のような人格の人にめぐりあえれば、生涯の幸いにちがいない〉

池を代々守り継いできたのが宮司の池永家。いまの宮司、池永孝生さん（六七）は、学生時代からの司馬ファンだった。

「自分がぼんやり感じていたことについて、非常に近い感じでお書きになっているなと、勝手に思っていました。司馬さんと民俗学者の南方熊楠（みなかたくまぐす）さんは、お宮の森の大事な原点のようなものを体で知っておられたような気もします。自分もいつもそうなりたいと思ってきました」

しかし司馬さんが取材に来たことは知らなかった。

「たまたま友達とその晩飲みに出たとき、ひょっこり中津市内でお会いしました。司馬さんに、『ああ、さっき寄ってきました』といわれたくらいです。いろいろ話しかけるなんておこがましくてね」

と、池永さんは当時を思い出していう。

池永家は宇佐神宮の宮司をつとめてきた宇佐氏の一族。長い間、中津のある豊前の歴史を見続けてきたことになる。

宇都宮氏の治世が四百年ほど続いたあと、黒田官兵衛が秀吉の命で乗り込んできた。

「その際に、宇佐神宮や薦神社は、官兵衛が破壊したという説もありますね。その前には豊後（ぶんご）（大分県南部）を治めていた大友宗麟（おおともそうりん）にやられています」

再興したのは官兵衛のあとに豊前の領主となった細川忠興（ただおき）だった。

「薦神社の神門は国の重要文化財に指定されていますが、忠興が造ったものですね。忠興は八幡神の成り立ちをよく知っていたと思います。しかし官兵衛も中津に長くいれば同じことをしたでしょう。それだけの見識はあったし、当時は神社仏閣の掌握が人心をつかむ手段でした」

一六一六（元和二）年に忠興が新しく替えた薦枕が、いまも宇佐神宮の御神体として祀られてもいる。

「薦枕を作るのは大変です。宇佐神宮の外宮に産屋（うぶや）を建て、神官は一カ月間精進潔斎（しょうじんけっさい）して籠もり、最後の一週間は断食しなければなりません。しかし詳しい籠もり方は伝わっていないため、いまでは薦枕を作ることはありません」

三角池そのものが危機的状況になっていたこともある。

もともと三角池は「鏡池（かがみいけ）」と呼ばれるほど透明度の高い池だった。南に位置する八面山（標高六五九メートル）から豊かな森が続き、いたるところから水が湧き出ていた。

「森の腐葉土が水のタンクになってくれていました。湧水は下流の七十町歩（約七〇ヘクタール）の田んぼを潤していたそうです。豊かな土地なので、朝廷にとっても大事な地域だったのでしょう。しかし、昭和四十年代から池が濁り、視界が五〇センチ、三〇センチ、二〇センチときかなくなっていった。一時期はアオコが大発生しました」

一九八八（昭和六十三）年、危機感をもった当時の薦神社の宮司、池永公比古（きみひこ）さん

（孝生さんの長兄）は薦文化研究所を立ち上げ、季刊誌「真薦」を発刊した。司馬さんは、公比古さんの序文を「中津・宇佐のみち」で紹介している。序文には、

「薦神社を取りまく環境は、凄まじい近代化によって、いまや昔日の面影はない。『御澄（三角）の池』も今はどんよりと濁っており、私どもの心の貧しさがそのまゝに映っているようで、侘（わび）しい限りである」

と、ある。

司馬さんも厳しく書いている。

〈日本の諸方の神社もその氏子も、この池永氏のように、こんにちの自然についてはげしく歎くべきではないか〉

司馬さんの訪問から二十五年、三角池を池永さんに案内してもらった。

「昔は五十万坪ほどあった森と池が、いまは七万坪くらいでしょうか」

と、池永さんはいうが、池の畔に立つと、古代から変わらない静寂に包まれる。

足元に巨大な鯉が寄ってきた。

「土手の修理のとき、一二〇センチもある鯉が見つかりました。雷魚もすごく大きくなりますね。すっぽんやナマズもいました。もちろんこの池は禁漁ですが、釣りをする子もいます。まあ僕らも子どものころは釣ってました（笑）。『見えんところでやれ！』ということにしています」

自然を守るのは難しい。

いまは水質もかなり良くなったが、最近は繁殖力の強いブラックバスやブルーギルなどの外来種が増えてもいる。その駆除も大変だし、外来種の問題は植物にもある。

「外来の睡蓮は一気に池いっぱいに広がり、水草の光合成を阻んでしまいます」

枯れたアシやヨシも取らないと酸性化し、ヘドロになってしまう。問題は山積しているようだった。

それにしても全国の八幡宮の祖宮にしては静かすぎる感じもする。

池永さんはいった。

「宮司だった親父も兄貴も観光化は嫌ったし、私も好きではないので宣伝はしていません。自然にできた池がご神体ですから、人間が自然に壊すときには壊れるだろうという思いもあります。しかしできるかぎりは、守り抜きたいですね」

静かに「池守」の言葉が響いた。

講演再録「播磨と黒田官兵衛」

私の家系はつまらない家系でして、父方も母方も近畿地方以外へは出たことがないようです。

父方の祖父はもともと姫路の人でした。戦国時代の姫路に英賀(あが)城というちっぽけなお城があって、織田信長に反旗をひるがえしていました。やがて落城し、こもっていた侍たちも城を出た。私の先祖はその一人だったようです。英賀の向こうに、広(ひろ)(現・姫路市広畑)というところがあって、父方の家系は江戸時代以来、ずっと住んでいた。侍はやめて百姓をしていたようですね。

私はそろそろ、六十七、八歳になるんですが、このあいだ中学の仲間たちが集まりました。われわれは何年に七十歳になるのかという他愛もない話になり、

「紀元二〇〇〇年に七十だろ」

と私が言いますとですね、仲間のひとりが言いました。

「おまえは昔から苦労してきたな」

慰めてくれたんです。昔から算術ができないんですね。（正解は一九九三年）

ところが、祖父は非常に算術のできる人でした。そして江戸時代の姫路はおもしろいところでして、和算がたいへん盛んな土地だったんです。和算というのは日本独自の数学でして、たいへん高度なものでした。微分積分まであったそうですね。

私の祖父はその和算が得意でした。

遺伝しないものですね。京都に三条大橋がありますが、やや湾曲しています。それを利用して円の直径を出せといった問題を勝手に自分で作り、仲間にも答えさせる。和算の他流試合であります。そのうちに作った本人も答えを出し、それが正解だったものだから、広の天満宮（広畑天満宮）に「算額」というものを掲げて喜んでいた。

そういう人は、えてしてバクチ好きであります。

姫路は昔から海上の交通がいい。飾磨（しかま）の港に出て、やってきた千石船に乗れば、すぐ大坂です。姫路に住んでいて、その日の道頓堀の芝居を見ることができる。この話をいまの皇太子さまにしたことがありますが、「それは珍しい話です」と言ってメモをとっておられた。イギリスに留学され、交通論を勉強されたからご興味があったのでしょうね。

道頓堀の芝居も見られるし、姫路にいながら堂島の米相場に参加できたそうです。祖父は三度破産しては復活し、四度目にはとうとう家屋敷を売って大坂に出ざるを得なくなったのです。

その後に祖父は大坂で小さな成功をおさめ、広の天満宮に寄付して石垣に名前を書いてもらった。その話を聞いていましたので、十数年前に姫路を訪ねたときに、広の天満宮にお参りに行ったことがあります。夜の九時すぎで境内は灯ひとつない。

「あきらめましょう」

と私は言ったんですが、同行してくれた人が懐中電灯を持ち出してきた。

草むらに入り込んで照らし始め、最初に浮かび上がった石垣に、私の祖父の名前がありました。だいたい私は不思議な話は嫌いなほうなんですが、このときはさすがに心に残りました。心のなかで、自分は播州人だと思うようになったのはこのころからでしょう。

官兵衛の頭の働きは商人のようでした

今日は播磨という土地を考えながら、黒田官兵衛という人の話をいたします。

黒田官兵衛という人は、日本の歴史のなかでも非常に魅力的な人ですね。戦争は上手でしたが、べつに個人的な武勇があったわけではない。馬に乗るのも苦手な人で、屈強な若者に輿を担がせ、輿に乗って指揮をしていた。自分自身の欲望はほとんどない人でした。日本の政治地図を変えたいと、どうもそれだけが望みだったようです。頭のいい人で、私利私欲がないから透明なプランができた。とにかく不思議な人でした。

黒田官兵衛の祖父は滋賀県に生まれました。北のほうに黒田という小さな村があり、私も訪ねたことがあります。

神社がありまして、黒田神社と呼ばれていました。黒田家もここが先祖の出たところだと思って大切にしているようでした。

黒田村を出た黒田家は、岡山県の福岡に出ていきます。福岡の近くに長船（おさふね）というところがありますが、福岡も長船も刀鍛冶の盛んなところでした。

当時、明との貿易が盛んでした。

輸出品目で人気があったのは日本刀ですから、福岡や長船の刀鍛冶は大忙しでした。かなり粗製乱造したようですが、それでも景気は良かった。当時では先進の工業地帯だったんですね。

現金が落ちている街に官兵衛のおじいさんが流れていったのは、当然でしょう。のちに黒田家は筑前の大大名となりますが、その首邑（しゅゆう）に福岡という名前をつけます。もともと九州に福岡という地名があったわけではなく、昔を忘れないようにと、岡山の小さな村の名前をつけたのです。

官兵衛の祖父はよく働きました。帳簿つけなどをしていたようです。そのうちに、隣の播州姫路に来ました。来てすぐに広嶺山に登り、そこの古風なお宮の宮司さんに会っています。

室町時代の神社というのは、なかなか、たちゆかないものでした。領地はどこも侍どもに横領されてしまっています。伊勢神宮でさえそうでした。伊勢神宮はもともと皇室の神社なんだから、お参りするところではなかった。

ところが室町時代から伊勢参りが始まります。これは伊勢神宮が商売を始めたからです。神主ともセールスマンともつかぬ「太夫」（御師（おんし））をたくさんかかえ、全国を回りました。電器会社や新聞社の販売店のようなもので、お守りや暦を配って回ります。彼らが伊勢神宮の御利益を宣伝して、やがてお伊勢参りが流行します。

広嶺山のお宮も似たようなことをしていました。そこへ黒田官兵衛の祖父がやってきます。姫路に落ち着こうとしている祖父に、御師がアドバイスしています。

「あなたの家に何か家伝の薬のようなものがありますか」

「家伝の目薬があります」

「それを私どもの太夫がお札を配るときにつけて配ればいい」

目薬はハマグリに入っているペースト状のもので、効き目はよく知りません。しかし、ずいぶん当たったようですね。官兵衛の祖父は金持ちになったんですが、ただ金持ちになってもしようがないので地面を買った。こうして黒田家の基礎ができあがります。

目薬の製造のために農民を雇う。農民の地所を買う。いわば商人が金銭で農民を支配していく。播磨では可能だったんですね。商品経済、流通経済、貨幣経済が盛んでした。

こういう国で生まれた官兵衛です。頭の働きは、商人の頭の働きのようでした。非常にクールで取引が上手で、自分や相手の欠点・長所をよく見ることができた。しかしそれだけの人ではありません。

官兵衛が世に出たころの黒田家は、もう商人ではなく、播州の古い小大名である小寺家の家老になっていました。家老といっても自立を認められている勢力で、姫路城にいました。

いまのような立派な姫路城ではないですよ。当時姫山と呼ばれた小さな丘の上にある、小さな城が姫路城でした。官兵衛は若くして家督を継ぎ、小寺家の家老となります。

家老になった官兵衛は、日本はひとつになったほうがいいと考えはじめたのです。誰に頼まれたわけでもないんです。播州の田舎にいて、こんなことを考えるだけでも官兵衛は珍しい。

小寺家はちっぽけな大名ですから、天下を望む器量などありません。東播州には別所という大勢力があり、岡山には宇喜多が、さらに安芸には大毛利がいる。しかしどれもこれも天下を狙う構想力などない。尾張から出て、美濃、近江を手中にし、京都を制覇した織田信長こそそうだと考えた。

ちょうどそのころは、クリスチャンになるのがインテリの間では流行(はや)りでした。前田利家のような田舎侍の典型のような人でも、一時期クリスチャンになったそうです。官兵衛もクリスチャンネームをもらい、判子にも使っていたことがあります。のちには熱心でなくなるのですが、大正の終わりから昭和の初めにかけての青年がマルクス・ボーイになるようにして、当時はクリスチャンになる人が多かった。

官兵衛は金持ちの子ですから、京都でブラブラしているうちに、信長の家来たちと仲良くなった。秀吉はクリスチャンではありませんでしたが、仲良くなった。信長とも正式な対面ではありませんが、知己を得ます。

毛利と決戦をする前に、播州をどうやって攻略するかが、織田家の大問題でした。播州のほとんどが毛利方でした。官兵衛は自分のプランを語り、秀吉に認められる。参謀となります。

しかし播州にはもうひとつの問題がありました。本願寺のなかでも結束の固さで知られる、播州門徒です。

本願寺はいまは京都にありますが、当時は大坂の石山にありました。十五世紀に、そのころの石山の様子を蓮如上人が書き残しています。

「名もなきところだった。石ころばかりで畑もできない土地で、石山と呼ばれていた」

やがて寺とも城ともつかぬ大伽藍ができあがり、全国に広がります。

当時は、門徒になったほうが身が安全というようなところがありました。播州でも加賀でも小さな豪族が無数にいて、しょっちゅう戦っていた。同じ本願寺の門徒だったら、困ったときに助けてくれる。相互扶助があって、勢力が広がっていった。

古い本願寺のお寺をしみじみながめてみてください。他の宗旨の寺とはずいぶん違います。白い練り塀をめぐらし、門の上に半鐘があったり、櫓太鼓があったり。屋根の構造が大きくて広くて、屋根瓦も頑丈なものです。要するに門徒寺というものは、村の砦なのです。

「七人の侍」ではありませんが、野武士が村を襲ったりすると、誰かが門徒寺の半鐘をたたきます。すると近在の門徒寺の半鐘が次々と鳴り響き、味方の軍勢が集まってきて野武士を押し返す。南無阿弥陀仏が尊いということだけではなかったようです。

その本願寺が信長と激しく戦いました。本願寺は毛利と同盟を結び、全国に「反信長」の命令が行き渡る。私の先祖がこもっていた英賀城も、本願寺の命令によって「反信長」になったのです。信長、秀吉、そして官兵衛は播州門徒を敵に回すことになり、播磨の攻略は難航します。

この間、官兵衛に悲劇がおこります。信長に反抗した伊丹の荒木村重(むらしげ)を説得しようとして捕らわれ、土牢(つちろう)に閉じ込められてしまう。荒木村重はクリスチャンでしたから官兵衛を殺しはしませんでした。しかし、一年余の幽閉により、官兵衛は生きているのが不思議なくらいの状態でした。脚を悪くし、頭にはかさぶたができて半分禿(は)げたようになった。それでも節を曲げずに戻ってきたとき、信長も秀吉も声がなかった。官兵衛はそういう男でもありました。

官兵衛は晩年に最後の賭けに出ます

やがて播磨の長い戦いが終わりに近づきます。三木城にこもっていた別所氏が滅びます。枯れ葉が落ちるように、英賀城も落城します。『播磨灘物語』を書き終わったときに読者が文句を言ってきました。

「播州には英賀城があって、千人ほどが秀吉、官兵衛と対決した。それを一行も書いてないじゃないか」

という。腹が立ちましてね。手紙を書きました。それは私の先祖である。先祖のことを書くのは、プライベートなことをあつかましく書くようで書かなかったんだと。

本当は少しは書いているんですがね。書くに値しないほど、哀れな滅亡でした。

少し、姫路城の話をします。

江戸時代の播州は、小さな大名や旗本に細分化されました。大坂や京都が近いということで、切りきざまれたんですね。長州も薩摩も土佐も一国でしたが、播磨には統一した勢力はできないようにした。これは播州人の苦しみのひとつだろうと思います。その代わり、姫路城が置かれた。世界的に誇るべき大木造建築で、日本的造形美の粋ですね。ただ、本来の目的は軍事的なものでした。

家康は考えたんでしょうね。関ケ原の戦いで敗れた薩摩、そして長州。彼らはやがて報復に来るだろうと。静岡県に久能山（くのうざん）という山があり、家康が眠っています。家康はその死にあたって、言い残しました。

「我が屍（しかばね）は西に向けておさめよ」

つまり関東の子孫を、自分が西国の大名から守ってやるのだという。

薩摩が攻めてくれば、まず加藤清正につくらせた熊本城で防ぐ。熊本城でだめなら姫路城で防ぐ。それでだめなら大坂城、そして名古屋城と、次々と防御拠点をつくった。すべて薩摩や長州が攻めてくることを予期してつくられた城なのです。

ただ、江戸時代は文化が爛熟してきていますから、姫路城はずいぶんきれいにつくってあります。近くの岡山城は実戦的な城のほうですが、姫路城のほうがはるかに美しくつくられた。

岡山城や広島城は大名がつくったので、大名普請といいます。姫路城は天下普請です。国家が総がかりでつくったからきれいなんです。

姫路城ができたころに官兵衛が生きていたら、これがおれが昔いた城かと驚いたでしょう。

官兵衛のいた城など、小さな城でした。しかし官兵衛はその城でひとつのバクチを打っているのです。東播磨の別所を滅ぼし、いよいよ毛利との対決が始まります。織田軍の総司令官としてやってきた秀吉に、官兵衛は自分の姫路城をそっくりあげてしまいます。先祖が苦労して築いた城なのに、官兵衛は秀吉に「もらってくれ」と言う。そして自分たちは飾磨の国府山(こうやま)城に移ってしまいます。

これは商人の感覚です。百姓にはそんなことはできません。いかにも播州らしい話ですね。

いい商品を買うときに、なけなしのカネをはたいたわけです。はたして播磨は平定され、官兵衛の目の確かさは証明されます。官兵衛は賭けに勝った。そしてその晩年、もうひとつの賭けに挑みます。

官兵衛は人間が大好きだった人です。子飼いの家来を大切にし、家来も官兵衛に心酔した。のちに五十二万石の大名になった黒田家が、「黒田武士」として一種畏敬されたのは、官兵衛がつくった家風によるものです。

しかも肉親の情におぼれません。一人息子に黒田長政がいます。しかし長政と同じ年ごろの家来の、後藤又兵衛の才能をかわいがった。長政は嫌な親父だと思ったでしょうが、一人っ子ですから服従せざるを得ない。このことが関ケ原の戦いにからんできます。

いくら軍事的な能力のある官兵衛でも、関ケ原が一日で終わるとは思っていなかったようですね。

数年は戦乱が続くと考えていた。多勢の石田三成が勝つだろうが、三成には大将の器量がない。再び西軍は内部分裂を起こす。自分の出番はそのときだと。官兵衛は家康が勝つとは思っていなかったんですね。

明治十八年（一八八五）に日本の陸軍は、メッケルというドイツ陸軍の秀才を招聘しました。メッケルは学生たちをよく旅行に連れていき、現地で参謀教育をしています。日本人の学生と関ケ原盆地の真ん中に立ち、地形を見渡して当時の陣形を調べました。

徳川方が攻めてくる。それを石田方が何日も前から陣地を構築して待ち構えている。

メッケルは石田方の勝ちだと断言した。そこで学生たちが、実は結果は違うんですといって説明した。裏切り、裏工作ばかりだった。絶好の位置にいた、最も三成が頼みにしていた毛利軍はついに戦場に現れなかった。小早川秀秋の裏切りもそうでした。メッケルは言ったそうです。

「それは別の話だ。純戦略的には、石田方の勝ちだ」

裏切りは、日本の合戦の重要な要素です。そして関ケ原の裏切りでいえば、この工作に走り回ったのが黒田長政でした。それを親父が知らなかったのは皮肉なことでした。

官兵衛はそのとき、今の大分県の中津城にいました。豊前中津城にたくわえた城中のカネをばらまき、浪人を集めて大勢力をつくった。奇術のように石田方の城を次々と落としていった。家康の味方をするフリをして、最後の賭けに出ていたのです。九州を固め、それを基盤にして京に攻めのぼろうとしていた。このとき官兵衛は五十四歳でした。いよいよおれの天下だと思っていたようです。

ところが関ケ原が一日で終わり、長政が中津に帰ってきました。

官兵衛は息子が関ケ原で何をしたかを初めて知ります。一方、息子は父がどんな気持ちで関ケ原を見ていたかは知りません。長政は自慢します。

関ケ原の戦いが終わり、戦場で挨拶に行くと、家康公に自分は非常に感謝された。自分の右手を家康公は両手でつつみ、あなたのおかげでうまくいって勝ったと。そう言って右手を差し出す長政に、官兵衛は言った。

「お前の左手は何をしておったのだ」

これは有名な話ですね。なぜ左手で家康を刺さなかったのだと。自分の息子は天下を取るような人間ではないから、これでよかったと思うものの、同時に自分の時代は終わったと思ったのでしょう。

その後の官兵衛は鳴かず飛ばずで晩年を終えています。あまり動くと、家康に目をつけられて黒田家はつぶされてしまいます。福岡五十二万石は長政の功績であって、官兵衛がもらったわけではない。官兵衛が何をするつもりでいたか、家康にはよくわかっていたようです。

官兵衛の一生は何だったのでしょうか。私はずいぶん考えたことがあります。官兵衛自身は何事か世の中でしたいことがあったのでしょう。

そのために織田勢力を播磨に引き入れ、毛利と対決した。その果てにきっと理想の国があったんじゃないか。官兵衛ならそれを考えていたのではないか。こういう日本をつくりたいと思いながら、ついに思いを遂げることはなかった。人の一生は、たいてい官兵衛みたいなものかもしれません。

一九九二年四月二十五日　姫路市市民会館　協力＝姫路文学館
原題＝私の播磨灘物語

（朝日文庫『司馬遼太郎全講演5』より再録）

危ない松陰の魅力　「長州路」の世界

「走れメロス」と「松下村塾」

山口県にも司馬さんのファンは多いが、ときどき心配そうに聞く人がいる。

「でも、司馬さん、長州が嫌いでしょう」

長州は水戸ッポ、土佐ッポ、薩摩ッポのように、長州ッポとはいわれない。

〈長州ッポという印象がもたれないのは、怜悧さという他の集団にはみられないふしぎな属性が長州人にあったからであろう〉（「長州路」『街道をゆく1湖西のみち、甲州街道、長州路ほか』以下同）

怜悧（れいり）とは、賢いが冷たいという感じだろう。

司馬さんは怜悧な系譜の人物として、山県有朋（やまがたありとも）、寺内正毅（てらうちまさたけ）、宮本顕治（みやもとけんじ）、佐藤栄作を例に挙げている。たしかに好みではなさそうである。

ただし、「長州路」の最後に登場する吉田稔麿（としまろ）は好きだったようだ。

吉田松陰に高く評価され、藩内でも将来を期待されていたが、「池田屋事件」に遭遇した。新選組の包囲を破って長州藩邸に戻ったものの、仲間を見殺しにできずに戻って闘死する。二十四歳の生涯だった。

〈太宰治の短編に「走れメロス」というのがあるが、稔麿の最期はメロスに似ている〉

稔麿は池田屋に戻るとき、〈忍びぬままの情念〉で駆けだしたのだろうと、司馬さんは書いている。松陰が愛した久坂玄瑞(くさかげんずい)や入江九一(くいち)にも濃厚にその情念があり、松陰にもあった。彼らのような人々が天下の信を長州につないだのだろうと、司馬さんは書く。

たしかに山県有朋にメロスは似合わない。しかし、松陰が育てた稔麿がいた。司馬さんが長州を嫌いだったとは思わない。

フーテンの寅次郎

司馬さんは長州（山口県）出身の人物を主人公にする小説をよく書いたが、特に一九七〇（昭和四十五）年前後は大作がつづいた。

六九年二月に週刊朝日で『世に棲む日日』の連載が始まり、幕末維新の先駆けとなった吉田松陰（一八三〇〜五九）をえがく。一方、十月からは朝日新聞で『花神』が始まり、維新の仕上げ役の大村益次郎も書いていたことになる。

「長州路」の取材は、週刊朝日で『街道をゆく』の連載が始まった七一年一月よりも早い、七〇年六月だった。

当時、『世に棲む日日』の連載は佳境で、司馬さんの頭のなかを、松陰や弟子の高杉晋作、久坂玄瑞など、〝長州人〟が跋扈していたかもしれない。

ただし、昔から長州は議論が好きなお国柄でもある。長州人とは何かと大上段に振りかぶれば、知らずと全編がリクツっぽくなってしまう。

さらに、司馬さんが長州に行くと聞いた友人の学者が教えてくれた。

〈「司馬ナニガシが長州にくれば殺す」と言っていましたよ〉（「長州路」以下同）

この時代は『坂の上の雲』も連載し、長州出身の乃木希典（のぎまれすけ）の〝神話〟と静かな戦いのさなかでもあった。しかし、長州がそんな物騒な土地柄であるはずもない。

ただし、気合をすっと外すのも司馬さん流である。

ユニークな旅の同行者が登場する。詩人のTさんで、物事によく感動し、感動すると集中しすぎて肩が凝るという。下関から山口への山道を走ったとき、緑一色の風景に深く感動し、降りてからも、「肩が凝りますなぁ」とさかんにいう。凝りをほぐすため、山口市の湯田（ゆだ）温泉に入った。今度は湯に感動し、突然気がつき、

「これは温泉ですか」

と、叫んだ。

〈年をとって知識がふえればふえるほど、物事に感動することがすくなくなるが、それだけのぶんだけ創作力がなくなってゆく。（略）Tさんが湯気の中でおどろいたがように驚く工夫をしてゆかねばならない〉

もっともこの温泉宿を予約したのはTさんだから、かなり世間離れはしている。

当時、Tさんは四十五歳、司馬さんは四十七歳の旅だった。湯に浸り、長州人論より温泉論、年齢論となり、司馬さんはまとめている。

〈政府になんとか陳情してこれ以上齢をとらないようにできないものだろうか〉

フル回転していた司馬さんのちょっと珍しい〝嘆き〟である。

◇　◇

旅の一カ月前の七〇年五月、司馬さんは「歴史の中の〈生きがい〉」という演題の講演で、松陰について語っている。食わず嫌いだった時期があったという。

〈吉田松陰という人を明治以後の国民教育が持ち上げたからですね。松陰という人はたいへん堅苦しい、なんだか国民教育のサンプルのような人のように受け取れて非常に嫌いでした〉（「松陰と河井継之助の死」『司馬遼太郎全講演1』以下同）

しかしその後、『吉田松陰全集』を読んで見方が変わる。文章が平易で鮮明で、旅行記がおもしろい。

〈感じたことはたいへん文学的であり、見たことはたいへん科学的である。こういう人だったのかと驚きまして、それから深入りしたわけです〉

「長州路」にも松陰は登場する。司馬さんの親戚と結婚した山口出身の女性が、新鮮な驚きを与えてくれた。

〈吉田松陰についてはどういう知識もないのだが、吉田松陰先生と敬称をつける〉（「長州路」以下同）

この女性の叔母が来たとき、司馬さんが「吉田松陰先生」と呼ぶのはおもしろいですねというと、逆に質問されたという。

「まあ、このあたりでは吉田松陰先生とはいわないんでございますか」

司馬さんはタジタジとなる。

慌てて、長州で他に先生と呼ばれる人はいますかと聞くと、その叔母はしばらく考え、ハッと顔をあげ、

〈「はい、やはり吉田松陰先生だけでございます」

と、大まじめで答えた〉

萩博物館特別学芸員の一坂太郎さん（四八）は言う。

「司馬さんが『吉田松陰先生』に驚いた感覚は、兵庫県生まれの私にはものすごくわかりますね」

一坂さんは、「松陰ファン」のタレント、ビビる大木さんと親しい。

二〇一五年のNHK大河ドラマは長州が舞台の「花燃ゆ」。ヒロインは松陰の四番目の妹の文（ふみ）で、井上真央が演じた。最初の夫、久坂玄瑞は東出昌大が演じ、松陰役は伊勢谷友介となった。

ビビる大木さんも松陰の親友、肥後藩士の宮部鼎蔵（みやべていぞう）役で登場した。その大木さんと一坂さん、NHKの情報番組のロケで萩市内をいっしょに回った。

「松陰が入れられた野山獄（のやまごく）の前で、おばあちゃんがさっと帽子を取って、深々と挨拶し

ていかれる。いつものことですかと聞くと、『松陰先生のお墓みたいなもんやからねえ。二十年くらい前には松陰先生の足跡を訪ねて町内会で青森まで行きましたよ』と。町内会で青森まで行くんだと、大木さんも驚き、喜んでました」

萩の町も盛り上がってきていた。「花燃ゆ」のポスターや幟（のぼり）がはためき、文のイラストが描かれた赤いラッピングバスも走る。循環バスは西回りが「晋作くん」、東回りは「松陰先生」である。

「『野山獄跡入口』というバス停もあります。牢獄といっても、いまは普通の住宅街です。牢獄跡の入り口から普通に乗り降りしています」

たしかに野山獄跡は静かな住宅街にある。ぶらぶら歩いていると、近所の優しそうな女性が話し相手になってくれた。

「吉田先生のいらしたところですものね、怖いことはありません。私がここに嫁いできたのは六十年ほども前ですが、そのころは獄舎からたくさんの骨がざくざく出ましたけど、ちゃんとお祀りしてます。毎年秋には町内の人が集まってお祭りがあります。神楽（かぐら）も来てにぎやかですよ」

松陰の生涯はわずか二十九年と短い。

あと先考えずに突っ走っては野山獄に二度入っている。

最初の入獄は一八五四（安政元）年で、アメリカ密航を企てて失敗した。二度目は老

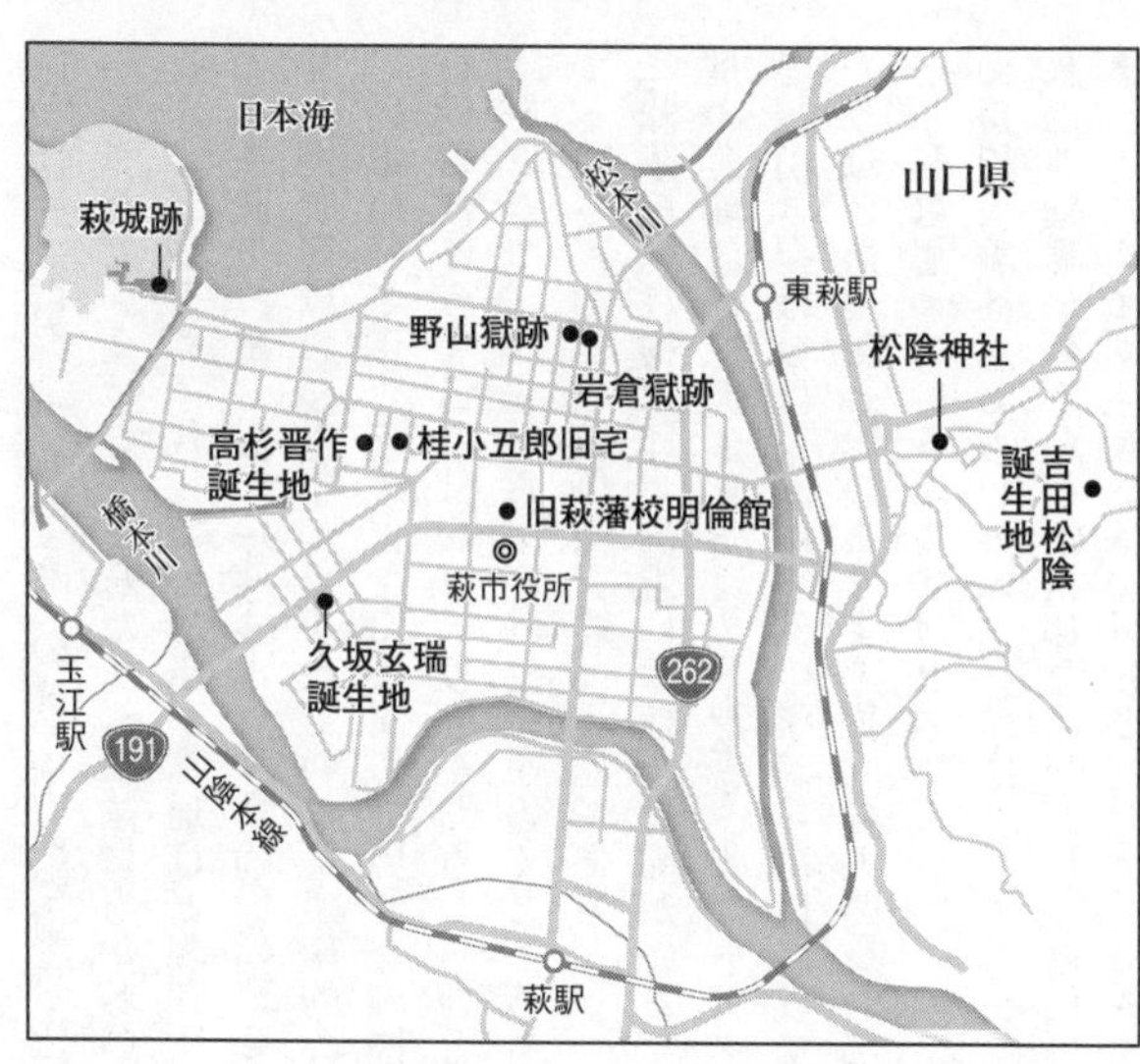

中の暗殺計画を公然と口にしたためだった。

「兄の梅太郎から『何でお前は法を犯すんだ』と手紙で責められたとき、『徳川の世はたかだか二百数十年、自分は三千年の日本を守ろうとしているんです』と。へ理屈ですが、大まじめです」（一坂さん）

一坂さんの著書『吉田松陰とその家族』（中公新書）には、そんな松陰の素顔と、松陰をあたたかく見守る家族が描かれている。

「戦前は革命者や教育者として評価され、戦時中は忠君愛国のシンボルになった。言動はつねに過激です。ただし、実は家族思いで、おっちょこちょいで、ものすごい人情家で理屈っぽい。『男はつらいよ』のフーテンの寅さんに似ています。同じ寅次郎ですし」

寅さんといえば妹さくらだが、松陰にもかわいい妹たちがいる。なかでもよく一緒に遊んだ二歳下の千代宛ての手紙が六通ほど現存する。

「夫を敬え、舅（しゅうと）や姑（しゅうとめ）に仕えよ、嫁ぎ先の先祖を大切にしろ、手習いや読書を心がけよと〝良妻賢母の心得〟が書かれている。道徳的な本で読んだものを、そのまま妹に伝えているだけでしょう。寅さんと同じで男と女の機微など知らないのに『家庭とは』と、松陰も偉そうなことばかりいうのがおもしろいところですね」

旅好きで、旅先から家族へ手紙を書くところも同じ。松陰の生誕地は松本村の団子岩で、寅さんの家は葛飾柴又の団子屋である。

「松陰の兄は梅太郎、同志には桂小五郎がいる。それでなのか、印刷屋の親父、タコ社長の名前は桂梅太郎（笑）。そもそも寅さんシリーズを作った山田洋次監督は満州育ちで、引き揚げ後は旧制の宇部中学から山口高校ですから、松陰の名前を聞くことは嫌というほどあったと思いますよ。松陰の人間臭い部分にスポットを集めて寅さんができたと、私は思っているんですけど」

〈長州人論は、おもしろい。

この議論がちゃんと確立しないかぎり、近代日本史が語れないのではないかとおもうほどに、語れば尽きない観がある〉

と、司馬さんは「長州路」に書いている。

葛飾柴又の寅さんまで出てくるとは意外だった。

松陰の妹

一九七〇（昭和四十五）年六月、司馬さんは山口市の湯田温泉でくつろいでいた。現在の松田屋ホテルで、画家の風間完さんらと一緒である。

当時、風間さんは朝日新聞で連載中の『花神』の挿絵を描いていた。『街道をゆく』は連載小説と微妙にリンクする。この旅は『花神』の取材であり、「長州路」の取材でもあった。

〈酌をしてくれる女は、長州婦人である。風間氏は相当な酒量のぬしだが、私はそうはいかない〉（「長州路」以下同）

司馬さんはすぐ赤くなる。酌をしてもらっても、酒が冷たくなってしまう。

〈酌をするひとが、（略）

「お飲みなれませいのぅ」

と、すすめた。

いかにも武家言葉めいた長州弁でそのようにいわれると、なにやら殿様になったよう

な感じがする〉

このとき、同行の誰かがきいた。

「司馬さんが、幕末にいたら何をしていますか」

思想家か、奔走家か、武闘派か。

〈私は躊躇なく、

「百姓をしています」

と、答えた〉

司馬さんらしいが、司馬さんの百姓姿も想像しにくい感じはある。

もっとも幕末の長州武士は、百姓仕事をする人が多かった。

司馬さんが泊まった湯田の出身で、のちに外務大臣などになる井上聞多（馨）は百石どりの上級武士だったが、暮らしは農家とほとんど変わりがなかった。

〈父親自身が野菜をつくり、煙草畑や棉畑まで耕やしていたという〉

吉田松陰（一八三〇〜五九）も小さいころから畑に出ている。父の百合之助が百姓仕事をするのを手伝い、兄の梅太郎とともに畑のあぜ道で素読をした。

〈かれらの初等教育はすべて畑でおこなわれ、一度も机の上でおこなわれたことがなかった〉

と、『世に棲む日日』にはある。

畑の素読で始まった人生は、激動の連続だった。十一歳で藩主の前で講義をするなど、将来を嘱望されていたが、九州や江戸、東北などを旅して見聞を広め、日本の将来を危ぶみ、やがて暴発する。

一八五一（嘉永四）年に脱藩、翌年、士籍を剝奪されるが、五四年にはペリーの船に乗り込もうとして失敗、幕府に自首し、長州の野山獄に入れられる。

〈松陰は思想の絶対性を信じようとした人です。日本人にしては非常に珍しい人ですね〉（「松陰と河井継之助の死」『司馬遼太郎全講演1』以下同）

と、司馬さんは講演で語っている。

同時に松陰は知性の人でもあり、自分の思想がフィクションであることにも気が付いているとして、司馬さんは松陰の「暴発」を分析する。

〈現実というものがあるのに、思想の世界へ飛び上がっていくには「狂」ということが必要である。自分は、いわば「狂」の人間である。松陰はそう言い続け、とうとう死んでしまった人であります〉

暴発する松陰はしかし、優しい教師でもあった。

野山獄を出た松陰は青少年の教育に力を入れ始める。

松下村塾の伝説の始まりで、次々と人材が集まってきた。

なかでも松陰がもっとも期待していたのは久坂玄瑞（一八四〇〜六四）と、高杉晋作

（一八三九〜六七）だった。

二人はもともと互いを評価し、ライバル視していたようだ。久坂のほうが先に入塾し、一年後に高杉がつづいた。松下村塾は松陰の実家、杉家の八畳一間が最初の教室だった。『世に棲む日日』では、久坂に連れられて杉家を訪ねた高杉が、あどけない娘に気が付く場面がある。

〈いかにも女童（めわらべ）といった風体（ふうてい）で、着物のすそをみじかく着、なにやらかごをかかえている。高杉は最初、

（このあたりの百姓の娘か）

とおもった〉

しかし、色白の久坂が首すじまで赤くし、娘もどぎまぎしている。

「畑ですか」

「はい。このようななりで」

二人のぎこちない会話を聞いて、おもしろがりの高杉は勘づく。

〈（こいつは、なにかいわくがある）

と、早熟な晋作はにらんだ〉

高杉はからかった。

〈「なんだえ、あの娘」

わざと、品わるくいった。

「ことばをつつしんでもらいたい。松陰先生の妹さんだ」

と、久坂は怒ったような口調でいったが、顔は当惑している〉

さらに高杉が問いつめると、

「許婚者(いいなずけ)だ。年があけると早々、娶(めと)る」

と、白状させられてしまう。

ここで登場した娘が、松陰の四人の妹の一人、文。「長州路」には登場しないが、文はNHK大河ドラマ「花燃ゆ」のヒロインで、井上真央が演じた。

夫の久坂は東出昌大で、久坂をからかう高杉は高良健吾だった。

萩博物館主任学芸員の道迫(どうさこ)真吾さん（四二）は二〇一四年十一月、萩市で開かれたトークショーに、井上真央さんらと登壇したこともある。

「久坂は最初に文との結婚をすすめられたとき、気が進まずに『醜なる』と言ったとされていますが、明治二十四（一八九一）年になって出てきた話で、真偽のほどは定かではありません。演じる真央さんは目がきれいで、吸い込まれそうでした。トークショーではいろいろな大河の小ネタを話されてましたね。ドラマ撮影の合間に、松陰役の伊勢谷友介さんがみんなを集めて、歴史だけじゃなく、『人類とは』といった壮大なテーマの話をされ、まるで松下村塾のようになっているみたいですよ」

この大河の見どころは、松陰の行動に家族が振り回されつつも、温かく支える「幕末ホームドラマ」なのだそう。真央さんもこのトークショーで語っていた。

「寅兄（松陰）が脱藩したとか今度は密航企てたとかで、寅がたいへん、寅がたいへんっていいながらも、来たら温かく迎えるっていう感じが、ほんと男はつらいよの寅さんと一緒で。（中略）私はほんとにさくらの気持ちでやってます（笑）」

杉家の明るさは、母の滝によるところが大きいと道迫さんは言う。

「父の百合之助は厳しく、さらに叔父の玉木文之進がもっと厳しい人でしたが、癒やし系の滝が家中を中和させています。滝は非常にウィットに富んでいますね」

『世に棲む日日』に、滝の逸話が紹介されている。湯に入った兄の梅太郎があかぎれが痛く、夜に抜き足差し足で歩いているのを見て、滝は即興で詠んだという。

「あかぎれは恋しきひとの形身かな文（踏み）見るたびに会いた（あ痛、開いた）くもある」

道迫さんはいう。

「ダジャレですね。梅太郎にしてみれば痛くてそれどころじゃなかったでしょうが、滝は常に家族を笑わせていました。文はそういうユーモアにあふれる家庭に育ったことになります」

もっとも、文が大河のヒロインになったときは、地元でも驚きの声が上がったという。

「経歴もよくわからなかった人物だったんです。『八重の桜』の新島八重さんは知る人ぞ知る存在でしたが、文は『吉田松陰全集』に久坂の妻として名前が出てくるだけ。ようやくこのごろになって、生年月日や毛利家の奥女中としてつとめた時期がわかったくらいです。明治後に東京に出てからは、わからないことも多い。これまでで、最もチャレンジングな大河ドラマになりそうですね」

結婚したとき、久坂は十八歳、文は十五歳の若さだった。

「松陰は、自分は三十までは結婚しないと宣言しながら、弟子には結婚をすすめる。久坂があまりにも優秀だから、なんとか自分の近くに置き、松下村塾に指導者的立場として抱き込みたかったんでしょう。もっとも久坂は結婚の二カ月後、藩に願い出て江戸へ出ています。結婚生活を楽しむことには、まだ興味がなかったのかもしれませんね」

二人が結婚して二年後、長州に激震が走る。安政の大獄（一八五九年）に連座した疑いで、松陰は江戸に送られ、刑死してしまう。

「取り調べに、老中を暗殺する計画があったと自分で話していますが、なんら現実性のない話でした。松陰は晋作に、武士の死ぬときはいつなんだと聞かれ、『不朽の名を残す見込みがあるのならいつでも死んでいい』と答えています。最後まで『狂』を貫いた人生ですね」

松陰の「狂」は久坂や高杉、文の人生も激動させていく。

薩長同盟と下関

歴史小説家の秋山香乃さんは、司馬さんのファン。数多くの著作があり、司馬さんとテーマが重なることもある。『吉田松陰　大和燦々』（NHK出版）では、松陰（寅次郎）の江戸遊学時代や東北旅行などが描かれる。松陰の師、兵学者の佐久間象山（さくましょうざん）はエッチに登場する。

松陰と象山が話す部屋の襖（ふすま）を開け、勝海舟の妹のお順（のちの象山の妻）がお茶を運んでくる。象山は、お順のお尻の大きさをほめ、お尻の大きな女性をどう思うかと松陰に聞く。

〈「僕はまだ……」

「なにがまだだ。格段、早い話題ではなかろう。幾つだ」

「二十二歳です」

「筆おろしはどうした」〉

秋山さんの描く松陰は、象山の迫力にタジタジ。松陰は終生童貞だったとする説があり、司馬さんの『世に棲む日日』では、松陰は女性から逃げ回っている。

秋山さんもいう。

「本人は門弟にそのことをからかわれたとき、『そんなにばかにするもんじゃないよ』といってクスッと笑い、言葉を切ったらしいんです。もったいつけていうあたり、何もなかったのかなと想像しちゃいますね」

秋山さんは中学時代から司馬作品を読みはじめ、活水女子短大の卒業論文は『燃えよ剣』だった。

「『燃えよ剣』では十一回くらい雨が降ります。土方歳三とお雪さんが会う場面は降ることが多かったと記憶していますね。でも小説家になってからは読まないようにしています。文体のリズムに引き込まれ、知らず知らず似てくるんですよ」

松陰、久坂玄瑞らに興味は尽きないようだ。

「久坂や高杉晋作より、いちばん過激なのは松陰ですね。松陰がいなければ、久坂や晋作も目覚めていないかもしれない。安政の大獄のとき、井伊大老が『流罪』に赤線をさっと引き、『死罪』と書き直して処刑が決まったと言われています。松陰が刑死した瞬間が、幕府にとっても、日本史にとっても大きな分岐点になったと思います」

このとき、長州藩が過激化する。

〈松陰という強力な発電体にふれることによって電磁感応をおこすにいたる〉

と、司馬さんは『歴史を紀行する』に表現している。松陰の弟子の久坂、高杉が歴史に大きく浮上する。

◇　◇

松陰の死後、久坂は長州藩の尊王攘夷運動のリーダー格となった。一八六三（文久三）年の京都政界で活躍し、朝廷を一時的に尊王攘夷化させることに成功した。

〈薩摩の西郷隆盛なども、明治後、長州の客をみると、
「お国（長州）の久坂さんが生きておられれば私のような者がこのような大きい顔をしていられません」
とよくいった〉

と、「長州路」の一節にもある。

ただし、久坂のもくろみは崩れていく。薩摩と会津の巻き返しにより、長州支持派の公家を一掃する「八月十八日の政変」（一八六三年）が起こり、久坂ら長州藩士も京都を追われた。翌年には政権の奪還を狙った「禁門の変」を起こすが、長州は敗北、久坂は二十五歳で自刃する。

久坂の妻は、松陰の妹の文。

大河ドラマ「花燃ゆ」のヒロインは、結婚生活約六年半で最初の夫を失った。政治に奔走していた久坂と一緒の時間は少なかっただろう。

その後、佐幕化した藩論を討幕へと導いたのは高杉だった。第一次長州征伐（一八六四年）が迫るなかで決起、伊藤俊輔（博文）ら力士隊など諸隊も続き、翌年、佐幕派は一掃された。

高杉は一八六六年の第二次長州征伐（四境戦争）でも活躍する。まずは周防大島沖に停泊する幕府の艦隊を粗末な装備の軍船一隻で夜襲、これを撃退して周防大島を奪還した。小倉方面の戦闘指揮でも活躍している。もっともこのときすでに肺結核に侵され、一八六七（慶応三）年、二十九歳で亡くなった。

「動けば雷電の如く発すれば風雨の如し」

と評したのは伊藤博文である。

「長州路」には奇兵隊についてのさまざまなエピソードが登場する。宿泊した山口市の湯田温泉の芸者さんに、萩の民謡「男なら」を歌ってもらっている。

「男なら　お槍かついでお中間となって　ついて行きたや下関」

長州藩が下関付近に砲台を築くときは、女子供までが手伝った。

〈江戸期を通じて、庶民をこのように政府方針のために動員できた藩は長州藩しかなく〉（「長州路」以下同）

さすがは奇兵隊の国である。

その奇兵隊の創設者、高杉が下関で挙兵したのは功山寺。境内にある下関市立長府博

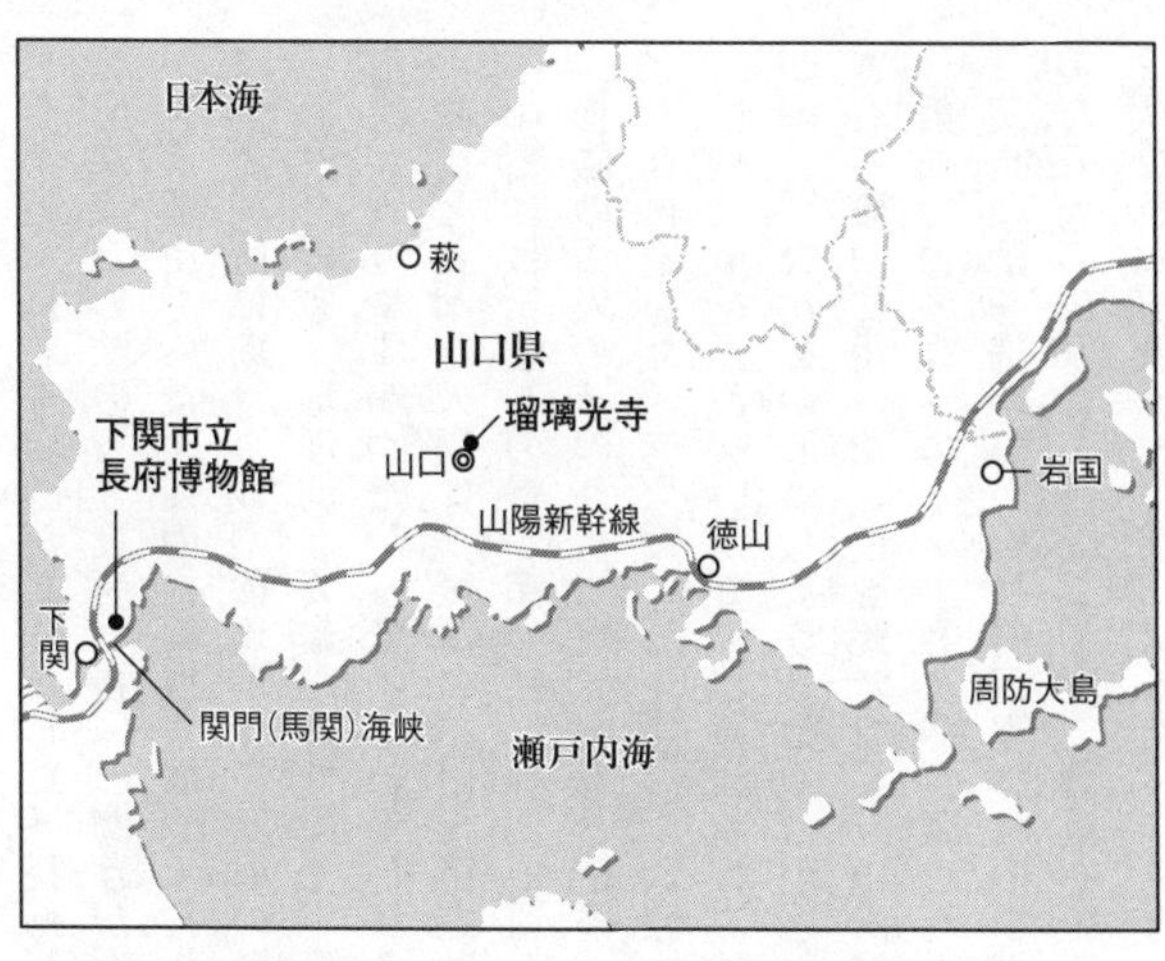

物館館長の古城春樹さん（四六）はいう。

「久坂と高杉とでは、男としての魅力は後輩たちから慕われた久坂に感じます。高杉の決起は討幕のきっかけとなったし、奇兵隊など階層の低い人々にも発言するチャンスを与えたとはいえます。いまも高杉の人気は高いですが、言動は少々乱暴だったようです」

古城さんの言葉は続く。

「長州の逆転劇には晋作の活躍は欠かせないのですが、一方で長州が一枚岩ではなかったというところも大きいですね」

本藩の萩藩（萩、山口）のほかに、長府藩（下関）、清末藩（下関）、徳山藩（周南）、岩国藩（岩国）といった支藩があり、藩論はばらばらだった。

「過激に突き進む萩藩があり、それをいさ

める柔軟な長府や岩国がありました。長州が完全に一枚岩だったら共倒れでした。薩長和解が成立したのも、長府、岩国の働きが大きいですね」

　長府藩士たちは土佐の中岡慎太郎や土方久元らと会談を重ねていたという。

「薩長和解に向けた坂本龍馬と桂小五郎の会談が、山口や萩ではなく長府藩領の下関で行われたのも、地理的な要素だけでなく、長府藩がすでに薩長和解に動いていたため、龍馬が入りやすかったからではないでしょうか」

　龍馬と会った人物に、萩藩の小田村伊之助（素太郎、のち楫取素彦と改名）がいる。

　小田村は松陰との縁が深い。

　松陰の四人の妹のうち、次妹・寿と結婚。寿が病死したあとは、末妹の文（美和と改名）と再婚した。「花燃ゆ」では重要な役どころで、大沢たかおが演じている。

「松陰は策を弄さない人です。あれやれこれやれと言いますが、現実的には困難なことが多い。なんとか形にしようと動くのが小田村でした。松陰の信頼も厚く、松陰が処刑される直前に書いた『留魂録』でも、小田村の名前がまず書かれています」

　柔軟で、ネゴシエーターとして活躍した人物だったようだ。

「薩長和解を進めていた長府藩士の時田少輔と小田村が、大宰府に流されていた三条実美ら五人の公家に、馬関（下関）開港を説明するために向かいます。そのとき、たまたま大宰府に龍馬がやってくるんです」

小田村は『竜馬がゆく』にも少しだけ登場する。

〈大宰府にやってきた二人の長州藩士は藩命による公用できた。（略）ひとりは小田村素太郎で、この人物は吉田松陰の友人として藩外にも名が知れている。松陰の妹を妻とし、早くから勤王運動に参加し、維新後は楫取素彦と名のり、元老院議官、宮中顧問官などを歴任し、大正元年歿、男爵〉

もうひとりが時田少輔で、『竜馬がゆく』での竜馬の二人の評価はぱっとしない。

〈どちらもさほどの才気はなく、ただ無用なほどに重厚で行儀もよく、挙措動作が折目ただしく、「五卿御見舞」といった使者にはいかにもうってつけ〉

とあるが、実際の小田村たちの働きは大きかった。

その後、小田村は長州藩を動かす立場の桂小五郎を説得、龍馬と桂小五郎との会談にこぎつけている。「長州路」で、司馬さんは書いている。

〈私は日本の景色のなかで馬関（下関）の急潮をもっとも好む。自然というのは動いていなければいけない〉

下関の急流のように歴史は動く。高杉、龍馬の活躍もあるが、小田村たちの活躍もあった。古城さんはいう。

「派手なパフォーマンスをする人が小説やドラマでは必要ですが、その裏で、柔軟な考えを持って現実化させる人がいたからこそ、歴史は動くのだと思います」

津和野への寄り道

「長州路」の取材なのだが、司馬さんは長州（山口県）の隣、石見国（島根県）の津和野を訪ねている。

のどかな長州路をドライブし、司馬さんはうたた寝をしていた。目覚めるとすでに県境をこえ、津和野の町を見下ろす山腹に来ている。

「スリバチの底に町がありますな」

同行者で詩人のTさんが町をのぞき込んだあと、小用をしようとボタンを外しかけ、ふと、

「津和野に小便をひっかけるわけにはいかない」

と、逆の山肌のほうを向いた。

司馬さんもつられてTさんと並び、ツワブキがあるのを見て、場所をちょっと移動した。

「それはただの蕗ですよ」

と、Tさんがいうが、司馬さんはいろいろ考えたようだ。

〈「津和野とは、ツワブキの生える野」

という意味です、ということをしばしば耳にした〉（「長州路」以下同）

ツワブキは「石蕗」とも「艶蕗」とも書き、秋に黄色の可憐な花を咲かせ、葉がつやつやしている。

〈そういえば葉にすこしも光沢がないが、しかし光沢がないからといって小便をかけていいというのは、いわば人種差別のようなものである〉

そんな司馬さんの旅から四十四年後の冬、津和野を訪ねた。「長州路」のいわば番外編である。

東に青野山、西に津和野城跡のある城山にはさまれ、南北に三キロほど細長く延びる盆地に津和野はある。

旧城下町の中心部には、藩校の養老館などの武家屋敷が並び、水路には色とりどりの鯉が泳いでいる。赤茶色の「石州瓦（せきしゆうがわら）」の町並みが、山陰独特の情緒を醸しだしている。

津和野といえば、西周（あまね）（一八二九〜九七）、森鷗外（一八六二〜一九二二）の生誕地であり、司馬さんの旅のパートナーだった安野光雅（あんのみつまさ）さんの故郷でもある。（二八〇ページ）

安野さんの『津和野』（岩崎書店）には、故郷の懐かしい風景が描かれ、少年時代の思い出が綴られる。

安野さん、名物の源氏巻が好きだった。源氏巻はごく薄いホットケーキのような皮で小豆あんをくるんだもの。

「吉良上野介の御機嫌とりに使った」

といわれている。

お菓子屋でできあがるのを一日中飽きずに眺めたことがあった。あんまり熱心なので、店の人があめ玉をくれた。

「源氏巻はくれなかったんだよ」

と、安野さんは笑う。

のどかな津和野も幕末には緊迫していた。

まず地勢的な問題がある。

すり鉢の底のような津和野から見ると、一段高い場所に強大な長州藩があった。津和野藩が四万三千石に対し、長州藩は江戸初期で約三十七万石。新田開発などで幕末には百万石の力があるといわれた。

幕末に過激化した長州藩は、討幕への道を歩み始める。幕府に従順だった津和野藩にすれば、長州は巨大な火薬庫のようなものであり、危険な隣人だった。

〈江戸期を通じ津和野人にとって、「頭上の長州」というこの地勢が気になりつづけたにちがいない。

――長州には敵しがたい。

という思いは、津和野人の伝統のなかにあった〉

こうした情勢のなか、津和野は人材の育成に力を入れた。その代表格が西周であり、森鷗外だった。

西周は日本における最初の「人文科学者」であり、「言葉の創造者」だと司馬さんは書いている。

〈われわれがいまつかっている日本語をつくることに大きな功があった。哲学、心理学、論理学の分野だけでなく、陸軍の用語も翻訳してどんどんあたらしい日本語をつくった〉

京都で新選組がチャンバラをしている時代にオランダに留学。この機会に経済学や法律学だけでなく、哲学まで学んでいる。

「最初に行く予定だったアメリカが南北戦争のさなかだったため、オランダに変更しています。アメリカに行っていたら自由や民権についての啓蒙家、福澤諭吉のようになっていたかもしれません」

と、津和野高校の元校長、松島弘さん（七八）はいう。

「津和野はどこを見ても山です。この小さな盆地から抜け出ようという気持ちがみな強かった。西周もそうだったと思うし、私もですね」

『近代日本哲学の祖・西周　生涯と思想』（二〇一四年、文藝春秋企画出版部）という本を書き上げたばかりで、

「ほとんど一生をかけてこの一冊を書いたことになります」

日本が高度経済成長に突入する昭和三十年代、松島さんは中央大学の哲学科で哲学を専攻している。

「入学してすぐ、先生から、『就職先はどこにもないぞ』と言われました。自分たちは世捨て人かと（笑）。若かったので哲学を学ぶことが生きる指針につながるんじゃないかと真剣に思っていました。西周の存在が大きかったですね」

西周はオランダから戻ると、江戸幕府最後の将軍、徳川慶喜（よしのぶ）の外交上の秘書役となり、明治後には新政府に出仕している。

「幕府だ新政府だという次元からは突き抜けていた男です。自由主義的な発想もあります。軍人勅諭の草案を作る一方、憲法草案も作っていますが、皇位の継承に国会の承認を得たり、天皇を含む皇族の裁判の規定を起草してもいます。結局、『天皇ハ神聖ニシテ侵スヘカラス』となり、西周の草案は削られました」

その西周と森鷗外は親戚で、家もすぐ近所だった。

〈鷗外宅にきておどろくことは、西周という、鷗外とどこか似たところのある人物の旧

居が、森家と川一筋をへだてて隣り同士になっているということである〉

鷗外は幼いころから蘭方医の父にオランダ語を学び、養老館で漢学を学んだ。一八七二（明治五）年に十歳で東京に出ると、三十歳以上年長の西周の世話になっている。〈少年の鷗外が父にともなわれて上京し、周の家に寄寓し、やがて東京医学校に入校する〉

陸軍軍医となり、ドイツ留学を経て二十八歳で小説「舞姫」を執筆。以後、夏目漱石と並び称される文豪への道を歩むが、西周とはそれほど親しくはなかったようだ。

「明治の半ばあたりから、二人はほとんど会っていません。あんまり近いと難しいところがあります。森鷗外はいわんでもエエことをいうところがあり、けっこうジラですね」

「ジラ」はわがまま、駄々をこねるといった意味で、山口弁にもある。

石見弁は、同じ島根の出雲弁より、山口弁のほうが近いという。やはり、長州とは切っても切れない。

西周も鷗外も、長州閥の陸軍とは切っても切れない。とくに二人とも「長の陸軍」の法王的存在、山県有朋と昵懇だった。

「むしろ西周のほうが密接です。軍人勅諭のほかに、陸海軍の刑法の草案も考えています。森鷗外の書いた『西周伝』の序文は山県が書いています。陸軍はできてまだ日が浅く、自分は全く何にもわからんかったが、西周は視野が広く、あの当時、西周の手を経ないものはひとつもなかったと書いていますね」

鷗外は山県のほか、乃木希典とも昵懇で、その人柄を敬慕(けいぼ)した。

〈乃木が閫内にありながらおよそ非政治的で、長州人の閫内政治から超然としていたことへの好意からであり、とくに乃木の異様な最期に打たれるのは、鷗外の思想がゆきついた日本的非功利主義と深い関係があったにちがいない〉

こうした人材育成には、幕末の津和野藩主、亀井茲監(これみ)の力が大きいと、松島さんはいう。特産品の「石州和紙」の販売を広げ、潤沢な資金を惜しみなく使った。

「武士だけでなく、絵描きや医者、藩校の先生などを全国に派遣し、情報収集活動をさせています。長い手紙が毎日、何枚も飛脚や早馬で津和野に送られてきた。坂本龍馬の暗殺などもいち早く知っていました」

新しい情報を高札に書いて町に掲げ、長州藩にも伝えていた。

「桂小五郎が新しい情報を求めて津和野藩を頼ったこともあります。ほかの藩士が酒に酔って寝ているなか、一人だけ夜っぴて読んでいたそうですね。長州藩には『また津和野藩が例によって情報をもたらした』と書かれた史料もあります」

結局、一八六六（慶応二）年の第二次長州征伐のとき、津和野は戦場になることもなく、明治を迎え、昔の姿をいまに伝えている。

「津和野は長州について、よく研究し、考え続けた歴史があります。小さな藩が生き残るために必要だったのは何より情報ですね」

と、松島さんはいう。

司馬さんが津和野を旅程に入れた意味がわかるような気がした。

インタビュー　私と司馬さん

画家　安野光雅さん
映画監督　河瀨直美さん
作家　玄侑宗久さん
俳優　谷原章介さん

津和野の先輩　森鷗外への憧れ

画家　安野光雅さん

一九二六年、島根県津和野町生まれ。絵本作家。文化功労者。『ふしぎなえ』で絵本デビュー。八四年に国際アンデルセン賞。二〇〇八年に菊池寛賞。『ＡＢＣの本』『繪本　平家物語』『旅の絵本』『皇后美智子さまのうた』など著書多数。

（撮影・小林　修）

津和野小学校四年生のときだったかな。三学期の一月十九日が森鷗外の誕生日でね、講堂に集められて先生から鷗外の話を聞きました。講堂には鷗外のほかにも津和野出身の西周(あまね)ら著名人の肖像画が掛けられていた。先生は「鷗外先生はたくさんの名作を書いた大作家で、たくさん勉強をすれば偉い人になれる」と話した。寒い日で、私は鷗外のことも知らず、「こんな小さな町からそんな有名人が出る訳ないじゃないか」と思いながら足を擦り合わせていた。修身の国定教科書にトンビを羽織った紳士と木の根元にうずくまった男の図付きで「ヒトリハヨクベンキョウシタノデコノヨウニエラクナリマシタ。ヒトリハナマケテバカリイタノデ、コンナニナリマシタ」というような文章が載っていた。司馬さんにその話をしたら、「君の育った津和野のように教育熱心なところはいざ知らず、大阪の教科書にはなかった」と言われた（笑）。

小学校は一学年が約百人で、紅白二クラス。当時はアイウエオ順ではなく生年月日順だったので三月二十日生まれの私は白の五十一番。運動会ではいつもビリだった。勉強は嫌いで学校に行きたくなかった。自宅は小さな旅館で、私は客が置いていった雑誌を見るのが好きでした。ときどき、町に古くからある図書館に行って『里見八犬伝』などの本を読んだ。この図書館は鷗外も勉強した場所。渥美清さんの寅さんシリーズ第十三作のマドンナ役で出演した吉永小百合さんが撮影した場所です。

――安野さんは宇部の工業学校に進学して津和野を離れたが、森鷗外への憧れは長く続いた。

私は田舎者というコンプレックスがあって、戦後、東京に出てきて、過去は全部リセットして読書人になろうと思った。「舞姫」など鷗外のドイツ三部作を読んだのはちょうどそのころ。津和野の先輩という親近感もあって鷗外の文語体にはまった。何回か挫折しましたが、読み返すうちに（アンデルセン原作）を読んだのは二十九歳でした。鷗外が翻訳した『即興詩人』素晴らしさがわかった。鷗外生誕百五十周年を前に私が現代語訳した本も書きました。

った。

——安野さんは一九九一年から『街道をゆく』の装画を担当することになり、司馬さんと出会った。

その数年前に友人の高峰秀子さんから、司馬さんや他の文化人と一緒に中国に行かないかと誘われたが、日程の都合がつかなかった。装画の話があったときに高峰さんに相談したら、「絶対に引き受けてね」と言われた。

司馬さんは博識で人間観察眼も見事だった。司馬さんがよく泊まったホテルオークラのバーに通っていた私の知人の数学者のことを話すと、「その人やったら、一人でジョニ黒をゆっくり飲む人や。先祖は御茶ノ水周辺の大地主やったはず」と司馬さんは言うのです。

そのバーで出版各社の担当者が集まる会がよくあった。司馬さんの話がおもしろく、私は「司馬千夜一夜」と名付けた。頭の引き出しが多かったに違いない。さまざまなことを知っていた。津和野についてもよく調べていて、廃仏毀釈（はいぶつきしゃく）についても詳しかった。書いていたものを読んで驚きました。

「目に見えない」奈良を撮りたい

映画監督 河瀬直美さん

奈良を拠点に映画を創り続ける。一貫した「リアリティ」の追求は、カンヌ映画祭をはじめ、世界各国で評価を受ける。代表作は『萌の朱雀』『殯の森』『2つ目の窓』『あん』『光』など。故郷奈良で立ち上げた「なら国際映画祭」では後進の育成に力を入れる。最新作『朝が来る』は近日公開予定。東京2020オリンピック公式映画監督。
（撮影・百々新）

私は奈良の春日山の麓（ふもと）の紀寺（きでら）という原生林と田んぼに囲まれた町に生まれました。子どものころから春日大社や東大寺の境内など歴史のある場所を身近に感じて育ちました。奈良は祈りの場と生活の場が一体となった、世界を見てもまれな土地だと思います。その静かな空間は物事を考えたり、自分を見つめ返したりするのに最適な場所ではないでしょうか。

大阪で映画を学んでいたころ、そのような場所を散歩しながら、映画の構想を練ったりしていました。木々が風に揺れるのをただ見ているだけで涙があふれて止まらなくなったこともあります。浮見堂を眺めながら、その向こうの春日山に昇る満月に出逢えるときなど、古代の人々もこの景色を見ていたのかもしれないと思い、心が落ち着きます。この奈良は「人の目には見えないもの」が満ちあふれている場所なのかもしれません。普段、何げなく通っている場所も角度を変えれば見方が変わるように、古代の人々の息吹を感じながら千年先の人々にも伝わる映画を創り続けたいと思っています。

――河瀬さんは平城遷都一三〇〇年記念事業協会評議員も務めた。東日本大震災を受け、世界の映画監督らに短編映像制作を呼びかけ、奈良の金峯山寺で奉納上映した。

子どものころから「東大寺のお水取りが終わらんと春は来ーへんで」と養母に言われて育ちました。松明の火をかぶるとその年一年は無病息災でいられるというその行事は奈良の春を告げるものです。映画『火垂』では、季節の中で生きる奈良人の切実な〝命〟のありようを描きました。

興福寺の阿修羅様は数年前に東京国立博物館にて展覧会があり、また、多くの人が奈良を訪れ、祈りを捧げていただきました。仏像ですから本来は祈りの対象ですが、美術としてのそのものの持つ美しさに魅かれる方もたくさんいらっしゃいます。こういった宝物が奈良のあちこちに存在しているのです。終戦のころ、満州にいた祖母からは、引き揚げ船でのことやその当時の暮らしの様子を聞かされました。命がけで守ってこられた先人の宝を改めて大切に次世代へ継いでゆかなければと思います。

――河瀬さんは二〇一二年十一月に司馬遼太郎記念館で講演をした。あいにくの雨だったが、庭の美しさに感動し、司馬さんの書斎や記念館の蔵書の多さに驚いたという。

司馬さんは『二十一世紀に生きる君たちへ』を書かれたときに、日本の将来を憂えていたのだと思います。どんなことがあっても次の世代に司馬さんの言葉を繋ぎ合わせていくことが大切です。手間のかかることでも、効率ばかりを優先していくと本物はできない。心を成熟させていくことが大切だと学ぶことができます。

初の劇映画『萌の朱雀』に出演した尾野真千子さんは当時、中学三年生。まっすぐにものを見つめる女の子でした。あれから十五年以上がたち、二〇一一年、NHKの「カーネーション」で主演を務め、多くの人に知ってもらえる女優となりました。彼女も頑固で、やると決めたら、それに一直線。そんなところは、私によく似ていると思います（笑）。

天龍寺で三年間の厳しい修行

作家　玄侑宗久（げんゆうそうきゅう）さん

一九五六年、福島県生まれ。臨済宗妙心寺派福聚寺住職。「中陰の花」で芥川賞、『光の山』で芸術選奨文部科学大臣賞受賞。ほかに『まわりみち極楽論』『荘子と遊ぶ』『さすらいの仏教語』『竹林精舎』など著書多数。
（撮影・小林　修）

私は二十七歳で天龍寺の道場に入りました。臨済宗では十四の本山が並列し、ナンバースクールのように各地に三十くらいの道場があります。私は妙心寺か天龍寺に入門しようと訪ねてみたところ、天龍寺の境内で偶然に外国の方の案内をされていた老師に出会いました。ご著書を拝読していたので「入門希望者です」と言うと道場に案内され、説明を受けました。

道場の入門志願者には「庭詰め」という「入門試験」があります。道場の玄関で「たのみましょう」と頭を斜めに下げて三日間、同じ姿勢で「坐り込み」をするのです。午前と午後に一回ずつ、先輩の殿司が「追い出し」と呼ばれる慈悲深い追放をしてくれます。身体をほぐす意味合いもあるわけですが、追い出されてもめげずに坐り込まないと入門は許されません。庭詰めのあとは「旦過詰め」といって、四畳半ほどの狭い部屋で壁に向かって坐禅を組みながら二日ほど待たされる。合理性に慣れた頭には冷や水を浴びるような時間だと思います。入門者の半数以上が一カ月で逃げ出してしまいます。

私は三年間修行しましたが、毎朝、起きて二分ぐらいで洗面からトイレ、身繕いまで済ませます。自分のスペースは畳一畳に単箱一つ。プライバシーもなく、毎日が運動会のような忙しさでした。

——玄侑さんは禅道場での生活を『ベラボーな生活』（朝日文庫）というエッセーで書いている。

爪を切るとか洗濯とか個人的なことは四と九の日にしかできません。本も読めず、私の場合は活字に飢えました。たまに古新聞が敷いてあると文字を貪るように読んで、いまも頭の中に残っています。

七晩八日坐禅を続ける臘八大摂心という厳しい体験をしないと名前も呼んでもらえません。十一月三十日の夕方から十二月八日の明け方まで、トイレと食事は許されますが、横になって眠ることはできません。一日一時間四十五分ほど、坐禅の姿勢で仮眠するのです。毎月一、六、

三、八の日は午前に托鉢。二、七、五、十は老師の講席があり、日程はびっしり決められています。臨済宗では一対一の問答が基本です。禅問答のため、『禅林句集』などを丸暗記しなければなりません。道場の食事は質素ですが楽しみでした。「豆腐の耳」という端を切ってできる、くず豆腐を毎日いただいて、タンパク質を補充していました。

——玄侑さんは現在の天龍寺・佐々木容道管長と同期。寺で夢窓疎石（むそうそせき）について講演したこともある。

夢窓疎石の言葉は研ぎすまされています。とくに慈悲については、本を書いたときに参考にさせていただきました。夢窓疎石には後醍醐天皇を始め七人の天皇が国師号を出しています。道場ではお山ごとに家風のようなものがあって、天龍寺では竹ぼうきを立てて掃除しますが、妙心寺では横にして使います。どちらが正解というわけではありません。臨済宗はさまざまな考え方を統一せずに許すところがあります。だから私もやってこられた（笑）。『空海の風景』を読みましたが、司馬さんは宗教についても造詣が深い。よく調べて大変わかりやすく書いていると思います。

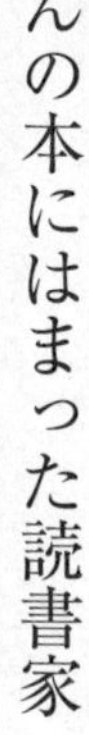

司馬さんの本にはまった読書家

俳優　谷原章介さん

一九七二年、神奈川県出身。NHK大河ドラマ「新選組！」では伊東甲子太郎役、「華岡青洲の妻」「顔」「償い」など出演多数。大河ドラマ「軍師官兵衛」では竹中半兵衛を演じている。（撮影・朝日新聞社）

司馬さんの本にはまって集中的に読んだのは、NHKの大河ドラマ「新選組！」に出演したときです。『竜馬がゆく』『新選組血風録』『燃えよ剣』など関連書を読んでおもしろかったので、『国盗り物語』などにも作品を広げました。大河「軍師官兵衛」で竹中半兵衛を演じるため、十年ぶりに『国盗り物語』『播磨灘物語』『新史　太閤記』を読み直しました。司馬さんの作品は歴史の動乱時代には立場によって見方が変わってくるところがおもしろい。史実はひとつですが、司馬さんの角度が加わって司馬ワールドが生まれてきます。実際は司馬さんなりの解釈もたくさんあると思いますが、司馬さんが書くとすべてが史実のように見えてきます。

竹中半兵衛は欲のない完璧主義者だと思います。石山本願寺攻めなど残虐なことをやった信長の考え方には従えないが、秀吉の魅力には感じるものがあって天下統一のために仕えるという半兵衛の考え方はよくわかります。

——「両兵衛」とも呼ばれる官兵衛と半兵衛。同じ軍師でも静の半兵衛、動の官兵衛と言われた。半兵衛役の谷原さんは、官兵衛役の岡田准一さんに会ったときに熱いオーラを感じたという。

感情で走る熱き官兵衛を諫めるシーンや、激昂している官兵衛に本当に大事なことは何かを静かに諭す場面が、二人の関係をよく表しています。また、二人が最初に出会うシーンでは、岡田さんに、

「半兵衛様のまわりをちょろちょろ動き回りたい」

と言われて驚きましたが、すべてを受け止めるのが半兵衛だと思い、こちらは動かずに演じました。

軍師には一般的な武将と違って左脳的な働きが必要です。岡田さんの熱さを感じたときにちょっとしたリアクションをすると効果があるなと思いました。半兵衛は普段は無駄な動きをしないし、感情もほとんど出さない。ただ、官兵衛の息子・松寿丸を守ったときは決心を固めて

いたと思います。いつごろからか、軍師として自分の後を継ぐのは官兵衛しかいない、三十六歳の若さで病死するときはそう思ったに違いありません。

——谷原さんは撮影に入る前、稲葉山城にものぼり、半兵衛の墓にもお参りをした。

半兵衛は乱れた戦国の世の中を早く平和な世の中にするために天下統一をしたいと考えていた。それは私的な欲からではありませんが、かと言って万人のために生きる人でもないと思います。会社で例えるなら会計や総務で、実動部隊から「この領収書落としてよ」と言われても「それはできません」と言う合理的なイメージがありますね（笑）。秀才で優しいところばかりではなく、説教くさくて、辛気くさいところもあったと思います。官兵衛にとっては目の上のタンコブのような職人気質の人でもありますが、岐阜の稲葉山城を策略で占拠するなど半兵衛でなければできなかったと思っています。

——司馬さんの作品の、「余談だが」といって物語から外れ全体状況を書くところが、まるでト書きのようでおもしろいし好きだという。読書家で俳優。谷原さんならではの楽しみ方だ。

司馬遼太郎の街道II
京都・奈良編
朝日文庫

2020年7月30日　第1刷発行

著　者　週刊朝日編集部

発行者　三宮博信
発行所　朝日新聞出版
〒104-8011　東京都中央区築地5-3-2
電話　03-5541-8832(編集)
03-5540-7793(販売)

印刷製本　大日本印刷株式会社

ISBN978-4-02-264963-8

朝日文庫

司馬遼太郎
『街道をゆく』シリーズ
［全43冊］

沖縄から北海道にいたるまで各地の街道をたずね、
そして波濤を超えてモンゴル、韓国、中国をはじめ洋の東西へ
自在に展開する「司馬史観」

1 甲州街道、長州路ほか
2 韓のくに紀行
3 陸奥のみち、肥薩のみちほか
4 郡上・白川街道、堺・紀州街道ほか
5 モンゴル紀行
6 沖縄・先島への道
7 甲賀と伊賀のみち、砂鉄のみちほか
8 熊野・古座街道、種子島みちほか
9 信州佐久平みち、潟のみちほか
10 羽州街道、佐渡のみち
11 肥前の諸街道
12 十津川街道
13 壱岐・対馬の道
14 南伊予・西土佐の道
15 北海道の諸道
16 叡山の諸道
17 島原・天草の諸道
18 越前の諸道
19 中国・江南のみち
20 中国・蜀と雲南のみち
21 神戸・横浜散歩、芸備の道
22 南蛮のみちⅠ
23 南蛮のみちⅡ
24 近江散歩、奈良散歩
25 中国・閩のみち
26 嵯峨散歩、仙台・石巻
27 因幡・伯耆のみち、檮原街道
28 耽羅紀行
29 秋田県散歩、飛騨紀行
30 愛蘭土紀行Ⅰ
31 愛蘭土紀行Ⅱ
32 阿波紀行、紀ノ川流域
33 白河・会津のみち、赤坂散歩
34 大徳寺散歩、中津・宇佐のみち
35 オランダ紀行
36 本所深川散歩・神田界隈
37 本郷界隈
38 オホーツク街道
39 ニューヨーク散歩
40 台湾紀行
41 北のまほろば
42 三浦半島記
43 濃尾参州記

朝日新聞社編
司馬遼太郎の遺産「街道をゆく」

安野光雅
スケッチ集『街道をゆく』

朝日文庫

司馬遼太郎全講演
全5巻

この国を想い、行く末を案じ続けた国民的作家・司馬遼太郎が語った、偉大なる知の遺産。1964年から1995年までの講演に知られざるエピソードを加え、年代順に全5巻にまとめ、人名索引、事項索引を付加した講演録シリーズ。

第1巻 1964―1974

著者自身が歩んだ思索の道を辿るシリーズ第1弾。混迷する時代、今だからこそ読み継ぎたい至妙な話の数々を収録。〈解説・関川夏央〉

第2巻 1975―1984

日本におけるリアリズムの特殊性を語った「日本人と合理主義」など、確かな知識に裏打ちされた18本の精妙な話の数々。〈解説・桂米朝〉

第3巻 1985―1988(Ⅰ)

不世出の人・高田屋嘉兵衛への思いを語った「『菜の花の沖』について」などの講演に、未発表講演を追加した20本を収録。〈解説・出久根達郎〉

第4巻 1988(Ⅱ)―1991

日本仏教を読み説いた「日本仏教に欠けていた愛」や、明治の文豪への思いを語った「漱石の悲しみ」など18本を収録。〈解説・田中直毅〉

第5巻 1992―1995

「草原からのメッセージ」や「ノモンハン事件に見た日本陸軍の落日」など、17本の講演と通巻索引を収めた講演録最終巻。〈解説・山崎正和〉

「司馬遼太郎記念館」のご案内

司馬遼太郎記念館は自宅と隣接地に建てられた安藤忠雄氏設計の建物で構成されている。広さは、約2300平方メートル。2001年11月に開館した。

数々の作品が生まれた自宅の書斎、四季の変化を見せる雑木林風の自宅の庭、高さ11メートル、地下1階から地上2階までの三層吹き抜けの壁面に、資料本や自著本など2万余冊が収納されている大書架、……などから一人の作家の精神を感じ取っていただく構成になっている。展示中心の見る記念館というより、感じる記念館ということを意図した。この空間で、わずかでもいい、ゆとりの時間をもっていただき、来館者ご自身が思い思いにしばし考える時間をもっていただきたい、という願いを込めている。　(館長　上村洋行)

利用案内

所在地　大阪府東大阪市下小阪3丁目11番18号　〒577-0803
TEL　06-6726-3860、06-6726-3859(友の会)
HP　http://www.shibazaidan.or.jp
開館時間　10:00～17:00(入館受付は16:30まで)
休館日　毎週月曜日(祝日・振替休日の場合は翌日が休館)
特別資料整理期間(9/1～10)、年末・年始(12/28～1/4)
※その他臨時に休館することがあります。

入館料

	一般	団体
大人	500円	400円
高・中学生	300円	240円
小学生	200円	160円

※団体は20名以上
※障害者手帳を持参の方は無料

アクセス　近鉄奈良線「河内小阪駅」下車、徒歩12分。「八戸ノ里駅」下車、徒歩8分。
Ⓟ5台　大型バスは近くに無料一時駐車場あり。但し事前にご連絡ください。

記念館友の会　ご案内

友の会は司馬作品を愛し、記念館を支えてくださる会員の皆さんとのコミュニケーションの場です。会員になると、会誌「遼」(年4回発行)をお届けします。また、講演会、交流会、ツアーなど、館の行事に会員価格で参加できるなどの特典があります。

年会費　一般会員3000円　サポート会員1万円　企業サポート会員5万円
お申し込み、お問い合わせは友の会事務局まで
TEL 06-6726-3859　FAX 06-6726-3856